幸運のイルカと出会えたら【止まっている片思い】が動き出す。

そんな話を数年前に誰かから聞いた気がする。

心の片隅で期待しているのかもしれない。

錆《さ》びついて止まっていた歯車が――再び動き出すのを。

そうじゃなければ、放課後に受験勉強をサボって潮干狩りシーズンの海岸に来たりなんかしない。

幸運のイルカとやらが海面からひょっこりと顔を出さないかな〜なんて思いながらも、そんな光景は想像するだけでシュールすぎることはわかっている。

そもそも幸運のイルカってなんだよ……木更津《きさらづ》なら幸運のタヌキのほうがまだ見つかりやすそうな気がするって。知らんけど。

海沿いを歩くのは受験勉強の気分転換、あるいは将来への焦燥による現実逃避。

それ以上でも、それ以下でもないのだから。

「ねえ、そこの少年」

東京湾のアクアラインや対岸に霞《かす》む川崎《かわさき》のシルエットも見飽きた。

……帰ろう。七月の受験生は呑気《のんき》に散歩をしている場合じゃないんだよ。

傾いてきた太陽。

水平線が眩《まばゆ》い夕方の波止場を引き返し、金田《かなだ》みたて海岸の駐車場へ戻ろうとする。

「おーい、そこの辛気臭そうに歩いている少年」

僕の背後で誰かが呼ばれている。

どこの少年かは知らないけど、さっさと応答してやってくれ。

「キミだよぉ、キミ。さっきから海を眺めて現実逃避をしている感じの少年」

まさかと思い、ゆっくり振り向いてみると……視線が交錯してしまう。

「ずっと無視されるから、わたしのことが見えてないのかと思ったぁ！」

僕と向かい合う小柄な女性。いや、あどけない少女。

好奇心を詰め込んだ瞳に僕の間抜け顔を映しながら、悪戯《いたずら》に微笑《ほほえ》む。

「……僕？」

「近くにキミ以外の少年がいる〜？」

波止場には僕と少女しか見当たらず、海辺の音と僕たちの声が存在感を主張している。

小さな違和感の正体はすぐに理解できた。

地元中学の制服を着た年下っぽい少女にタメ口で少年扱いされたからだろう。

「地元民なら制服を見ればわかると思うけど、僕は高校生だからな」

「地元民なら制服を見ればわかると思うけど、わたしは中学生だったんだぁ〜！」

年上アピールを華麗にスルーし、上機嫌そうな女子中学生は身分を明かす。

明るい表情や元気な声音から受ける第一印象は、馴《な》れ馴れしいお調子者だ。

「ちょっと〜全身を舐《な》め回《まわ》すように見ないでくださいよ〜」

この生意気ＪＣ、初対面でもお構いなしにからかってきてんな。

「あいにく年下の子供より年上の女性のほうが好みなんだ」

「でも、わたしのことを変な目で見てましたよねぇ〜？　まあ、男子高校生なんて可愛《かわい》い女子のことで頭がいっぱいなんだろうけどさぁ〜」

「それはまあ、うん。見てたけど」

「……えっちだなぁ、少年は」

女子中学生は瞳を細めながら呆《あき》れた声を漏らす。

「えっちな目ではないからな。そこが重要だから」

「はいはい〜、健全な青少年なら仕方のない衝動ですからぁ〜」

めっちゃ茶化《ちゃか》されるけど、こちとら年上の先輩なのだ。

あくまで平静を装い、大人げなく怒ったり取り乱したりはしないのよ。

「育ち盛りの女子中学生が大好きなキミの趣向はさておき〜」

「さておくな。僕は年上の大人っぽい先輩がタイプだし、優しくて包容力がある女性に可愛がられたいの。わかった？　もう少し大人に成長してから出直してくれ」

「わたし、中学生にしては結構大人っぽいと思いますけどぉ～？」

自らの発育に自信があるのか、中学生は得意げに胸を張ったものの……所詮は義務教育中の子供。身長はやや高めで中学生にしては大人の香りも微《かす》かに鼻を撫《な》でるが、比較対象として咄嗟《とっさ》に思い浮かべた〝とある先輩〟と比べると色気の差は明白だった。

無意識に鼻で笑っても許してほしい。

「……はっ、今後に期待賞だな」

「おいこら、エロガキ。いま鼻で笑いましたよねぇ～？」

「エロガキはお前のほうだろうが！　僕のほうが年上のお兄さんじゃ！」

「はぁ～～、えっちなお兄さんだなぁ～」

なに溜《た》め息吐《いきつ》いてんだ、僕のほうが疲れるわ。

「……で、僕に何か用でもあるの？　こう見えてもヒマじゃないんだけど」

おちょくられて脱線しまくった話をもとに戻す。

いきなり呼び止めてきた理由が多少なりとも気になっていた。この子とは間違いなく初対面なので、用事がないのに話しかけてくる関係性は構築されていないからだ。

「え～？　どっからどう見てもヒマ人じゃないですかぁ～」

「こう見えても毎日のように勉強してる受験生だよ」

「東京湾を眺めると頭が良くなるんですか？　知らなかったなぁ〜」

へらへらと嘲笑《あざわら》ってくる中学生相手に何も言い返せないよお……。

年上の高校三年生を弄んで満足したのか、中学生はゆっくりと歩を進め……海岸の駐車場にぽつんと停《と》まっていたバイクの後部座席にちょこんと腰掛けた。

「ん〜、シートが硬くて座り心地はよくないですねぇ」

「やかましい。勝手に乗って文句言うな」

「あと、それなりにボロくないですかぁ？　ちゃんと公道を走れるやつです？」

「車検も通ってるから大丈夫だよ。一九六〇年代の車種にしては状態も悪くないって」

色褪《いろあ》せや錆《さび》が目立つレトロな鉄スクーターは、ラビットＳ３０１スーパーフロー。つまり僕が所有するバイクに蟹股《がにまた》で跨《またが》るという精神の図太さを見せつけてきたのだ。

「どっち方面に帰るんですか〜？」

「僕？　みまち通りのほう」

「わたしと同じ方向じゃん！　やったね〜っ！」

中学生はスカートから伸びた両足をぱたぱたと振る。

だいたいの思惑が読めてきたぞ……。

「ここで会ったのも何かの縁なのでぇ、家の近くまで乗せてってください！」

だろうね。それしか思い当たらないわ。

「もしかして……ここから歩きで帰るのが怠《だる》いから僕に話しかけてきただけ？」

「それだけじゃないですよ？　寂しそうなキミとお喋《しゃべ》りしてみたかった〜みたいな？」

円《つぶ》らな目が縦横無尽に泳いでんだよな。

「実は自転車がパンクしちゃいましてぇ〜」

「それで？」

「こっから歩いて帰るのは地味に遠くて怠いんでぇ〜」

「それで？」

「二人乗り、おねしゃす」

正直に白状し、ぺこりと頭を下げた中学生の少女。いきなり丁寧な態度で媚《こ》びてきやがったが「おねしゃす」というふざけた一言で気が抜ける。

「困っている女の子を置き去りになんてしないですよね……？　ねっ、ねっ？」

捨てられた子犬のような潤んだ瞳をやめろ。

あざとさに呆れつつも放置して立ち去るのは後味が悪いし、この場所に来るたびに冷たくあしらった映像を思い出すのも癪《しゃく》だ。

「初乗りは３００円、その後は距離に応じて80円ずつ加算。遠慮せずに乗ってくれ」

「ひどーいっ！　こんな女子中学生からタクシーみたいな料金をぶん取るんですか⁉　そんなお小遣いなんてありませんよぉ〜、年上の頼れるセンパーイ♪」

こんなときだけ先輩扱いの猫撫《ねこな》で声《ごえ》を操りやがる……！

「おねがーい、おにいちゃん？　おうちに帰ろ？」

「妹よりは後輩設定のほうが好きだな……じゃなくて。もう、しょーがない……」

僕はうんざりしながらも自分用のヘルメットをかぶり、運転席へ跨ったついでにチョークレバーを引く。挿し込んだキーをＯＮへ回し、右足でフットブレーキを踏みながらセルスイッチに触れ、かなり年季の入ったスクーターを始動させた。

ぽんぽんぽんと小気味のいいエンジン音が鳴り始め、海の音を機械的に汚す。

「わたしを乗せるとキミにも素敵な特典がありまーす」

「へえ、どんな？」

「ずばり……美少女中学生を後ろに乗せて地元をツーリングしたという青春の甘酸っぱい思い出です！　年頃の男子なら憧れるシチュじゃないですか？　ねっ？」

「聞いた僕がバカだったな」

「死ぬほど憧れてくださいよバカ受験生」

うすーいリアクションがお気に召さなかったらしく、すぐ背後に座る中学生にヘルメット越しのチョップをもらう。

「もし置き去りにしたら、受験に失敗する呪いをかけますからねぇ～」

「もしそうなったら高校受験に失敗する呪いを返してやる」

「うわー、クズお兄さんですねー」

「クズ妹が何言ってんだ」

今回だけは地元民のよしみで送迎してやろうじゃないか。困ったときは助け合い。僕がよく知っている〝先輩〟なら、こういう場合でも優しく手を差し伸べると思うから。

中学生にも予備のヘルメットを手渡し、手際の悪い装着を見守る。

「まあ、初回限定サービスということで今日は無料送迎してやろう」

「わーい、陰気で冴《さ》えない少年でも優しいところがあるじゃーん。ただのダメダメ浪人予備軍じゃなかったんですねぇ～」

「さっさと降りろや」

「うそうそ、キミはカッコいいメンズです。もう惚《ほ》れちゃいそうです。へいへい」

お調子者な中学生の思惑にすっかり乗せられつつ、先ほどまで海を眺めながらウダウダと渦巻いていた女々しい思考は一時的に消え去っていたことに気づく。

いい気分転換になったかもしれない。

この場所に来た数十分前までとは異なり、今の気分は幾分か晴れやかだった。

「落ちないように摑《つか》まっててくれ」

身を寄せた中学生が僕の脇腹を摑んだ感触を合図にしてスタンドを外し、ブレーキを離しながらアクセルをゆるりと回していく。

不快な排気ガスを海風に溶かしながら、古ぼけた愛車を発進させた。

海辺から別の海辺へ。

走行中の風切り音を跳ね返す声量で中学生に帰り道を案内され、鳥居崎《とりいざき》海浜公園の遊具エリア『まごころ広場』に隣接した駐車場にラビットを停める。

「ここからだと歩いてすぐ帰れるので！　あざした〜！」

ヘルメットを外し、地面に降り立った中学生は感謝の笑顔を振《ふ》り撒《ま》く。

「ん〜、なんですかその渋い顔はぁ。かわい〜女子中学生と密着しながらのニケツで青い春を感じましたよね？　それなら安いもんでしょ〜」

僕は乾いた苦笑いを隠せない。子供を諭すのと大差ない口調で肩を竦《すく》められ、こちら側が大人げないかのような印象操作をされてしまう。

「しょうねーん、ありがとっ♪」

――ふいに頭を撫でられ、不覚にも心臓の鼓動が小躍りした。

お茶目《ちゃめ》な言動と甘い不意打ちを巧みに使い分けてきやがって……！

からかっているだけなのは理解していても、ちょっと嬉《うれ》しいのが男の子って生き物だ。

そのままゆっくりと歩を進めた中学生が、次第に公園から離れていく。

僕はバイクに跨ったまま、少女の後ろ姿を見送っていたのだが、

「わたしに素敵なことをしてくれたキミにも素敵なことが起きるといいですねぇ！」

初夏の鮮やかな夕日に照らされた少女は、こちらに振り返りながら満面の笑みを咲かせてそう告げる。

ふと、とある一点に視線が吸い寄せられた。

中学生が髪に挟んでいたヘアピンはイルカっぽいデザイン。

だからなんだというわけではないものの異様なほど似合っている気がして、そこはかとなく美しいように思えた。

口を結びながら見据える僕に対し、中学生は声にはならない唇の動きを示す。

——そして、ごめんね

完全に憶測。

もし謝っているのだとしたら、なぜなのかはよくわからなかった。

中学生が帰路へ消えていったあと、僕も帰るためにラビットを発進させようとした。

しかし、本能が訴えかけてくる。海沿いの公園には似つかわしくないドリブルの音を鼓膜が拾い、エンジンを切ったラビットから降りたくなった。

公園の一角に身体《からだ》が引き寄せられ、自らの記憶に馴染《なじ》んでいる経路の先……中学の頃に新設された屋外バスケコートが常時開放されている。

バスケコートとはいっても、ゴールは片面だけの３ｏｎ３専用ハーフサイズ。

ここに来るときは心臓が過剰に高鳴っていたのを覚えているし、あの人が近くにいてくれると身体が軽くなった気がしていた。

少年のことを可愛《かわい》がってくれた姉のような〝先輩〟が微笑《ほほえ》みながら、優しい声音で穏やかに褒めてくれるだけで――もっと好きになった。

バスケコートにふらふらと近づき、ぽつんと立ち尽くす僕の足元にくすんだオレンジ色のボールが転がってくる。それは、紛れもないバスケットボール。

「いきなりはズルいですよ。心の準備なんてしてなかったのに……」

驚きと嬉しさが入り混じった呟《つぶや》きが自然に零《こぼ》れてしまう。

だめだ。まったく予想もしていなかったし、意表を突かれた無防備な心が甘美な恋心で満たされていく。

かつての恍惚《こうこつ》とした感情を、恋をしていた日々を、ふつふつと思い出してしまうから。

いきなり目の前に現れるのは、やめてくれ。

「そこの高校生くん、ボールを取ってもらえると嬉しいな」

ボールを拾い上げた瞬間、薄汚れた心境を真《ま》っ新《さら》に漂白してくれるような女性の声。

鼓膜を通じて心地よく広がる懐かしさ。

ザラつく肌触りのボールを両手に抱え、僕は歩を進める。

ゴール下で可憐《かれん》に待っていたのは、見知った姿より大人びていた女性。

ショートボブだった黒髪はブラウンのミディアムヘアーに様変わり。派手すぎないメイクが透明感をさらに引き立てる。レーススカートが夏の微風で揺れるたび、小刻みに波打つ高揚感は頬《ほお》に微熱を生じさせていった。

その女性と見詰め合った僕は足を止められ、言葉を失うほど見惚《みと》れてしまったんだ。

「春瑠《はる》先輩……」

見知りすぎた年上女性の名を——呼ぶ。

「久しぶりだね、夏梅《なつめ》くん。半年ぶりくらいかな？」

広瀬《ひろせ》春瑠。一つ年上の大学生だ。

「いえ……春瑠先輩が卒業してからなんで、ほんの四ヵ月ぶりくらいです」

「それじゃあ夏梅くんがあまり変わってないのも納得だねー」

「春瑠先輩は結構変わりましたよ。髪も長くなったし茶色に染めてるんで……遠目からだと誰かわかりませんでした」

「東京の大学生になったからさ、田舎者だって舐《な》められないように頑張ってオシャレしてるんだけど……似合ってないかなー？」

落ち着け、僕。動揺するな。

「に、似合っている……と思います！　高校時代の先輩も好きでしたけど！」

「えっ、好きだったの？　ワタシ、告白された？」

「あっ、いえっ、ち、違います……！　高校時代の爽やかな黒髪とか女バスのユニフォーム姿も先輩らしくて良かったなぁ～って意味で……！」

緊張によってしどろもどろ。砂漠化した唇や舌が上手《うま》く回らない。

くっそ、取り戻せ……四ヵ月前までの距離感！　もう少し普通に喋ってたのに！

「うーむ、東京に染まった女子大生より木更津の小娘だったころのほうが夏梅くん的にはお好みなんだ？　ワタシの乙女心は複雑だな～」

不満そうに唇を尖《とが》らせる先輩も可愛い。

ころころと移り変わる柔軟な表情は死ぬまで眺めていても飽きないね。

「こうして春瑠先輩と会うのが突然すぎたから……かなりビビってます。スマホにメッセージの一つでも入れておいてくださいよ」

「ここにいれば夏梅くんに会えるかな、と思ってさ。ワタシなりのサプライズだね！」

僕は両手でボールを押し出し、春瑠先輩へ照れ隠しのパスを送る。実際まだ浮ついた心境は収まっておらず、顕著に上昇した心拍数も下降の素振りすらない。

冗談抜きにいきなりすぎるだろ。心の準備くらいさせてほしかった。堪《こら》えられない頬の緩みを不自然に俯《うつむ》いたりして誤魔化《ごまか》すのが関の山だ。

「こらこら、そんなに春瑠お姉さんと会えたのが嬉しかったのかなー？　夏梅くんは相変わらず可愛いねぇ。弟にしたいくらいだ」

冗談めかした台詞《せりふ》を交えながら歩み寄ってきた先輩は僕の肩をポンポンと叩《たた》く。

だらしない表情を晒《さら》したくない相手だが、好奇心旺盛な春瑠先輩は覗《のぞ》き込もうとしてくるもんだから咄嗟《とっさ》に顔を逸《そ》らした。

「一人暮らしの新生活は慣れなくて少し寂しかったから、こうして制服の夏梅くんと話すのが懐かしくて落ち着くよ」

僕は心底飢えていたのだろう。この人と話せる時間に。

充実した時間は早く過ぎ去るのに、この人が高校を卒業してしまって物足りない日々になってからの四ヵ月は数年分に等しい体感だったかもしれない。

「あれ？　夏梅くん、ちょっと身長が伸びたんじゃないのー？」

「……たった四ヵ月じゃそこまで変わらないですって」

「えー？　絶対伸びてるって〜。ワタシと何センチくらいの差があるかな？」

「ちょっ、春瑠先輩……」

近い近い……お互いの身長を比べたいのか、妙に接近してくる春瑠先輩。

香るフレグランスが恋する男子の心境を心地よく彩り、まつ毛の一本一本が鮮明に見えた。木更津にいたころよりも、大人の香りがした。

咄嗟に一歩だけ後ずさる。

じわりと帯びる肌の熱や不規則に揺れる自分の視線を悟られないように。

「せっかくだし、ちょっと見ててくれる？」

おもむろに春瑠先輩はゴールのほうへ身体を反転させ、両手を添えたボールを夕焼け色の空へ放つ。伸び切った上半身。理想的なシュートフォームから放たれたボールは重力に引かれ、美しい放物線を描き、錆《さ》びたリングに吸い込まれていった。

「よしっ！　まだまだワタシの腕は衰えてないな、うん」

地面に落ちたボールが一回、二回と弾む。

コートを叩くバウンド音が次第に小さくなり、やがて静寂に包まれたことで周辺を走行する車両の排気音がなおさら煩《うるさ》く感じられる。

よしっ！　という可愛らしい発声とガッツポーズが、僕の五感を幸せに満たして奪う。

今の白濱《しらはま》夏梅は——広瀬春瑠に感情を支配され、この人のことしか考えられない。

「夏梅くん」

「……えっ？」

唐突に名前を呼ばれ、我に返った。

「じっと見つめすぎ。恥ずかしいじゃん？」

眉をひそめた春瑠先輩におでこを突《つつ》かれたものの、すぐに微笑んでくれる。

「ブランクの影響で下手になっていないかどうか、じっくり眺めていました。女バス時代と同じような良いシュートでしたよ」

「こらっ！　シュートを外したらヤジでも飛ばすつもりだったんかい！　後輩のくせに生意気だな！」

くしゃくしゃと髪を撫《な》でられ、嫌がるふりをしながらも撥《は》ね除《の》けない後輩男子。

あなたが卒業してからずっと、こんな時間を待ち焦がれていた。

「そういえばキミも受験生だよね。どう？　受験勉強のほうは順調かなー？」

「勉強は順調すぎるので帰省したときはいつでも遊びに誘ってください」

「ありがとっ！　持つべきものはどんなときでも駆けつけてくれる可愛い後輩くんだ」

春瑠先輩との時間を共有したいから、可愛い後輩であり続けたいから、受験勉強が順調という小さな見栄《みえ》を張っても許してください。

彼氏になれないのなら、あなたにとって一番の後輩でいさせてほしい。

「ワタシと同じ大学に合格できるように頑張りたまえ。待ってるからね、後輩くん」

無垢《むく》な微笑みに激励を添えられると、漠然と滞っていた寂しさが根拠のない期待感へと

衣替えする。それくらい僕という人間の構造は単純明快なんだ。

明確な夢なんてないけど、春瑠先輩と同じ大学へ進みたいという欲求はある。

でもそれは、春瑠先輩が期待する僕の姿ではないだろう。

幸運のイルカ……か。

なぜかこのタイミングで出所不明の噂話《うわさばなし》が脳裏をかすめる。

東京でのキャンパスライフやバイトが忙しく木更津に帰省する素振りすらなかった春瑠先輩が、夏の始まりに気まぐれで顔を見せに来た。

僕が久しぶりにこの場所を訪れた日と同じ日、しかも同じような時間帯に。

幸運のイルカと出会えたら【止まっている片思い】が動き出す。

木更津の海に本物のイルカが泳いでいる目撃談はないけど、波止場で出会った女子中学生が偶然ながらも僕を導いたような形になっている。

……アホくさ。そんなわけあるか。

出所不明の陳腐な作り話を本気にするのもバカバカしかった。

イルカの髪飾りごときで関連性をこじつけるほど恋愛観を拗《こじ》らせてはいない。

僕の片思いはすでに永久凍土に等しい。

春瑠先輩とお喋《しゃべ》りできた小さな幸運を噛《か》み締《し》めるだけに気持ちを留《とど》め——夢心地だった気分を現実に戻す。

明日からまた、受験勉強と現実逃避の日々。そうなるに決まってる。

水平線で燃え滾《たぎ》る太陽は夕方でも沈む気配がなく、誰も傷つかない現状維持の関係に浸る受験生の肌を炙《あぶ》り続け、浮き出た汗がしっとりとシャツを濡《ぬ》らす。

とっくに凍りついた初恋とは裏腹。

今年の夏も、暑くなりそうな予感がした。

第一章　初恋を忘れたい先輩と小悪魔なタヌキちゃん

「待ってるからね、後輩くん……か」

自分にだけ聞こえる独り言混じりの吐息を漏らし、つい口角が上がってしまう。

ほくそ笑んでいる気持ち悪い男がここにいる。

はあ〜、受験勉強どころじゃねえ。夢見心地が止まらないんだが！

曇っていた世界に突如として穏やかな光が差し込んだかのよう。明確に違う。瞳に映る日常の景色がより鮮やかに生まれ変わった心境が心地よい。

机の陰で器用に弄《いじ》るスマホに表示されたメッセージアプリを眺めては口元を緩めている授業中の午後。

【夏梅《なつめ》くんのお母さん、相変わらず帰りが遅いんでしょ？　今日の夜はワタシも予定がないから、もしよかったら夕飯とか作りに行こうか？】

嬉《うれ》しすぎるメッセージの差出人は、もちろん春瑠《はる》先輩。

流行《はや》りのキャラが敬礼している可愛《かわい》らしいスタンプまで添えられていたので、僕も似たようなスタンプを秒速で返す！　断る理由がない。

なんだよ、なんだよ〜。

いいのか？　こんなに心躍るイベントが二日連続で起きてさ。

「なあ、夏梅。受験勉強の息抜きに今日くらいは遊んで帰らねえ？」

授業の要点を解説する教師の声などお構いなし。隣席の友達がヒマ潰しを持ち掛けてきたが、今の自分は男の友情を育んでいる場合じゃなかった。

「わるい。どうしても外せない先約があるから、さっさと家に帰る」

スマホ画面を眺めながら爽やかに断ると、怪訝《けげん》な視線で炙られる。

「お前……さっきからスマホを見てニヤニヤしてるよなあ？　女か？　女だろ？」

「察してくれ」

「おーいっ！　抜け駆けとかクソやん、クソ！　女と遊んでる受験生なんて浪人してくれや！　天罰下れ！」

やかましいな。教師が咳払《せきばら》いしながらこっちを睨《にら》んでいることに気づいてくれ。

「はーん、さては広瀬《ひろせ》先輩だろ？　お前ら、めっちゃ仲良かったもんなあ」

だっる。

好奇心旺盛な友達は声量を下げつつも、恋バナを膨らませようとしてきやがる。

「恋人より近い仲だからな」

「ざっけんな、裏切り者があ……。もう遊びに誘ってやらねーからな……」

「そんなこと言わずに誘ってくれよ、友達だろ」

ウケ狙いの発言だったのに、そこそこ本気で悔しがられる。男子グループの友情に女の影を匂わせた途端、裏切り者扱いを受ける理不尽さよ。

昨日は突然のことで舞い上がっていたが、一日ほど経《た》って冷静になってみると喜ばしいだけの状況ではないことを本能が察する。

あの人は二日連続で地元に帰ってくる。ちょっと不思議だった。

ようやく先輩が身近にいない生活を受け入れ始めたのに、不意打ちの出会いでみっともなく高揚し、不完全燃焼だった未練の種火が灯《とも》ってしまうなんて。

適切な距離を維持しておきたい建前と、素直な欲求に従い安易に会いたいという本音の面倒な天秤《てんびん》が揺れ動く。

……お人好《ひとよ》しな先輩のことだから、特別な思惑ではないんだろうけど。

年頃の男女が二人きりになるなら部屋は綺麗《きれい》に片づけておいたほうが良いよな？

変な期待はしてないし異性として意識しない——なんて自分を騙《だま》そうとしても、頭の片隅では妄想の映像がリピート再生されている。

はあ……もう勉強どころじゃない。

うああ……春瑠先輩のことしか考えられねえ。

とても青臭くて痛い。

白濱《しらはま》夏梅の思春期は、一方的な恋に振り回されっぱなしだ。

「てか、まだ広瀬先輩のことが好きだったんだなあ。オレはてっきり——」

そこまで言いかけた友達だったが、意味深な部分で台詞《せりふ》を切る。

「……春瑠先輩と付き合えるなんて思ってないよ。今はただ……弟みたいな後輩として可愛がってもらえれば」

——それだけで満ち足りているから。

それ以上を望むのは贅沢《ぜいたく》で、絶対にありえない。

「お前、顔はまあまあ整ってるし頭も悪くないんだから、誰か他のやつと付き合えばいいのに。ここだけの話、夏梅のことを好きな女子は結構いるらしいぜ？」

「それは光栄だな。高校に入ってから女子に告白された覚えはないけど」

「当たり前だろーが。広瀬先輩と話してるときの夏梅は誰がどう見てもデレデレだから、他の女子が入り込む余地がねえんだよなあ」

「僕って……そんなにわかりやすかったのか」

「拗らせ片思い野郎」

「不名誉なあだ名はやめてくれよ」

「お前が片思いしている限り、お前も誰かの片思いを静かにへし折ってるのかもなあ」

「……知るか」

素っ気ない返事をしながら、胸の奥がちくりと痛む。

もし僕のことを好きなやつが身近にいたとしても、心が読める人間なんていない。

声や文章に想《おも》いを託して伝えてくれないとわからない。

僕自身も同様だ。

好意を伝える気のない沈黙の片思いは、永遠に届かない。

「いっそのこと告ってみればいいのに。そのほうが楽になるんじゃねえ？」

「別に良いんだよ。春瑠先輩とは……ずっとこの関係のままで」

他人事《ひとごと》だと思って軽率な発言をされると、若干の苛立《いらだ》ちが芽生える。

拗らせた自らへの不快を誤魔化《ごまか》すかのように、黒板に書かれた授業の要点をルーズリーフに書き殴ろうとしたが、シャーペンの芯がさっそく折れた。

受験も恋愛も、もう少し上手《うま》くやれたらいいのに。

勉強するモチベも折れたので、悶々《もんもん》とした気持ちに蓋をするべく机に突っ伏した。


「白濱先輩、ちゃーっす！」

あっという間の放課後。帰宅部の友達と廊下で駄弁《だべ》っていたのだが、僕たちの会話は芯が通った大声に上書きされる。

声の主は二人組。彼らの視線の先には僕がいた。見知った後輩たちが律儀に頭を下げて挨拶してくる光景を目の当たりにし、僕は思うのだ。

ああ、そういうことね——と。

「……おっす。がんばってな」

僕が覇気のない声を返すと、後輩たちは会釈しながら立ち去っていく。

彼らにとって放課後は自由な時間なんかじゃない。

こんな場所で無駄に駄弁ろうともせず、体育館へ足早に向かうのだろう。

「今の誰？　夏梅の知り合い？」

彼らとは面識のない友達が、僕に疑問符を投げる。

「ただの後輩。もうほとんど交流はないよ」

「そんな先輩でも見かけたら挨拶するなんて体育会系の上下関係はきっちりしてるねえ」

えらく感心したように肩を竦《すく》められるが、ずっと帰宅部だった者には理解し辛《づら》い空気感かもしれない。

そんな僕だって今は帰宅部側の住人なんだけども。

家が別方面の友達と校門前で別れ、一人きりの帰り道に身を預ける。

通い慣れた自宅への経路。一般的な住宅街があるかと思えば、海沿いの河川には無数の小舟が並んでいる木更津《きさらづ》の景観。

アクアラインが開通してからは神奈川や東京への利便性が格段に向上し、大型ショッピング施設が郊外に進出した影響も重なって駅周辺の商店街は活気を失いつつあるらしい。

僕の家が近い〝みまち通り〟も昔は商店街だったらしいが、僕の世代はタヌキの石像が出迎える住宅街の印象しかないだろう。

春瑠先輩みたいに東京の大学へ進みたいという気持ちもわかる気がする。

でも……僕はこの町が好きだ。

様々な場所を通り過ぎるだけで、春瑠先輩との思い出を感じることができる。

この町で春瑠先輩と出会い、彼女に恋をしているから——

とっくに見飽きている木更津の風景にも、僕は恋をしている。

地元の景観に一般市民として溶け込み、矢那川《やながわ》の富士見《ふじみ》橋に差し掛かったとき——背後から近づいてきた一台の自転車が颯爽《さっそう》と通り過ぎた。

ママチャリの運転者はブレーキを握り締め、小さな橋の途中で停車。運転者の女生徒がくるりと腰を捻《ひね》り、上半身だけこちらに振り返る。

だから僕も帰宅途中の足を止められてしまう。

「その見覚えのある間抜け顔は、夏梅センパイじゃないですか」

見覚えのある間抜け顔はお互い様だよ。

「冬莉《とうり》……」

自らの呆《ほう》けた口から、彼女の名前が自然に零《こぼ》れ落ちた。

細身の肩に毛先が触れるショートボブの髪型は夏の爽やかさを演出しているが、声色には冷感が滲《にじ》み、僕を映す瞳はやや強張《こわば》っている。

僕が通う高校の制服を着た二年生『高梨《たかなし》冬莉』が目の前にいる放課後は、鮮烈な懐かしさすら覚えてしまう。

「……いつもはセンパイを見かけないのに、今日は珍しく帰るのが早いですね」

溜《た》め息《いき》混じりの小声から察するに、褒められていないことは確かだ。

「こう見えても受験生なんだ。たまには真っすぐ帰って勉強しないとマズいだろ」

「……センパイがやる気を出すなんて、超常現象の前触れのような気がします」

めちゃくちゃ失礼な後輩だな。

「冬莉は備品の買い出しか？」

「……そうですね。マネージャーの仕事ですから」

「買い出しにしては、ずいぶんと遠くまで来てるよな。ドリンクだけなら学校近くのコンビニで十分じゃない？」

「……帰ろうとするセンパイが見えたので、たまには様子を見てあげようかなと」

そのためだけにチャリで追いかけて来たんかい。

よほど心配されているらしいな、このダメダメ受験生は。

「学校の近くで話しかけてくれたらよかったのに。チャリならすぐに追いつけたよな？」

「……センパイと話すのが久しぶりなので、どう話しかけていいのか迷ってただけです」

話しかける第一声を考えているうちに、僕の背後をずっと彷徨《さまよ》ってたらしい。

ついに意を決し、颯爽とチャリで通り過ぎながらの第一声が「その見覚えのある間抜け顔は、夏梅センパイじゃないですか」だったというわけだ。

「ふふっ……冬莉らしい」

「……なに笑ってるんですか。センパイは相変わらず腹立たしいですね」

笑みを吹き出してしまう先輩と、やや不機嫌そうにムッとする後輩の対比が懐かしい。

この一年の間に忘れかけていた。

こんな放課後の一ページは、もう味わえないかと思っていたのに。

お互いに肩を並べ合いながら阿吽《あうん》の呼吸で歩き出したものの、変な気まずさが二人を包み込む。よそよそしくて背筋がむず痒《がゆ》いような雰囲気が場の空気を濁した。

仲が悪いわけじゃない。久しぶりに話したから、以前の距離感を取り戻すのに手間取っているだけなのだ。少なくとも僕のほうは、だけど。

「……春瑠センパイですか？」

「へっ？」

「……夏梅センパイがやる気を出すのは、春瑠センパイ絡みですよね」

「いやいや、春瑠先輩は関係ないって。気のせい気のせい」

「……その焦ったような反応で察せますよ、センパイ」

実際その通りなので強く否定できないけど易々《やすやす》と肯定するのも躊躇《ためら》う。

静かな声色に怒りは感じないものの、小さい棘《とげ》が忍ばせてあるのは気のせいだろうか。

「……夏梅センパイは嘘《うそ》をつくときの癖があるんです」

「マジで？　自覚がないから参考までに教えてくれ」

「……嫌です。私だけ見抜けるほうが面白いじゃないですか」

意地悪な冬莉は意味深に表情を綻ばせながら、

「……相変わらず、嘘をつくのが下手ですね。夏梅センパイは」

こちらへ視線を移し、ほのかな温かみを覗《のぞ》かせた微笑《ほほえ》みを残す。機嫌が良い……いや、機嫌の良さを表情に表す冬莉は珍しく、不覚にも可愛《かわい》いと思えた。

「冬莉だって相変わらず笑うのが下手だな」

「……うるさいです。というか、笑ってないですし」

遺憾の意を表明した冬莉の指先で肩をぺしっと小突かれる。

「ムスッとした不愛想な顔より、笑った顔のほうが可愛いと思うけど」

「……軽々しく可愛いって言わないでください。センパイに口説かれても迷惑なので」

「ああ、いつも可愛い。冬莉はホントに可愛すぎる。めっちゃ可愛くてヤバい」

可愛いを連呼するたびに何度も小突かれたが、一発目よりも力加減が優しい。

「この場所……いつの間にか更地になってたんですね」

富士見橋を渡ってから少し先、数軒のスナックが点在する地味な路地の一角にぽっかりと空いた更地を見詰めた冬莉が自転車を押す足を止めた。

「……センパイ、覚えてます？　中学のころ、ここにあった廃墟《はいきょ》を待ち合わせ場所にしてセンパイの朝練に付き合ってましたよね」

「ああ、もちろん。そのときはスマホを持ってなかったから、お互いの家が近いこの場所で待ち合わせをしてたんだよな……」

「……そうです。センパイが寝坊して朝練に遅刻するたびに、私は不機嫌になりながら建物の前で待ってたんですから」

二人の舌が滑らかになり、細《ささ》やかな思い出話にも花が咲く。

ボウリング場やゲーセンが複合した娯楽施設のビルだったが、僕が中学生になったころには完全に廃業したらしい。

昭和の匂いが漂う古ぼけた廃墟だけが暫《しばら》く残されていたものの、どうやら僕たちが待ち合わせをしなくなったあとに取り壊されてしまったようだ。

「ここがまだ営業していたとき、一度だけ連れてきてもらったことがあったんだ。ボウリングの他にも卓球とかビリヤードもあってさ、めっちゃ楽しかったな」

「……初耳です。センパイのお母さんに連れてきてもらったんですか？」

「いや、中学生だった春瑠先輩と一緒に」

何気ない一言を零した瞬間、冬莉の瞳がジトッと重くなった……ような？

「……隙あらば春瑠センパイとの思い出を語りますね、夏梅センパイは」

「うう……過去の思い出に縋《すが》らないとやってられないんだよ……」

「……はあ、初恋を拗《こじ》らせまくった夏梅センパイらしいですが」

「なんか怒ってる？」

「……怒ってないですよ。どうしようもないな、と思ってるだけです」

冬莉が漏らす溜め息には呆《あき》れの他にも「こいつは救えねえな」みたいな諦めが混ざっているのかもしれない。きつい後輩だ。少しは温かい言葉をくれよ。

「……私も似たようなものなので、どうしようもないのはお互い様ですが」

どこが似ているのかは抽象的な台詞《せりふ》から読み取ることはできなかったけど、今この瞬間みたいに冬莉がふいに晒《さら》してくれる一瞬だけの笑顔は何回でも見ていたい。

更地の前で数分ほど立ち止まり、円滑に紡いでいた談笑が……ふと途切れた。

「……卒業後の春瑠センパイは、お変わりないですか？」

「ああ、普段通りの春瑠先輩だったよ。むしろ前よりも元気になった気がするくらいだ」

「……それなら安心です。卒業してからは顔を見ていなかったので……普通の大学生活を送れているなら良かったです」

僕と冬莉に共通する過去の記憶が脳裏に過《よぎ》ったのだろうか、お互いの声音が重厚に引き締まる。軽々しい雰囲気が消え、時折視線を足元に逃がしながら。

「……来月はウインターカップ予選です。三年生にとって……最後の大会です」

「僕にはもう関係ないよ」

「……センパイはもう、部活には戻らないんですか？」

数秒の沈黙を挟み、言《い》い辛《づら》そうにしながらも冬莉は投げ込んでくる。

「ないよ。もうバスケはやらない」

ほぼ即答。

表情や声色などに波風は立てず、僕は淡々と返事をした。

「……それは、夏梅センパイのお兄さんが歩んだ人生の真似ですか？」

「退部するときにも言っただろ。それは関係ないって」

一切の躊躇《ちゅうちょ》なく、僕の弱い部分を擽《くすぐ》ってくるのが冬莉らしいな。

「バスケよりも大切なものがあった。兄さんの代役になってもいいから、春瑠先輩の側《そば》にいてあげたかった。ただ、それだけだったんだよ」

それだけを言い残し、僕は自宅の方向へ歩を踏み出し始める。

反対側の学校に戻るであろう冬莉を置き去りにして。

「……夏梅センパイ！」

寂しい背中に冬莉の声が刺さり、僕は振り返らざるを得ない。

冬莉は自転車のカゴに入れていたビニール袋から円柱の物体を取り出し、何を思ったのか……僕のほうへ放り投げてきた！

「……っと！」

咄嗟《とっさ》に差し出した左手で摑《つか》んだ瞬間、金属が冷えた感覚と結露が手のひらに浸透する。受け取ったのはアルミ缶のジュース。さらっとしぼったオレンジだった。

「……勉強を頑張るセンパイに差し入れです」

部活をやっていたころもこうやって、マネージャーの冬莉から——

懐かしさが膨張し、全身を瞬時に駆け巡った。

「……たぶん無理でしょうけど、春瑠センパイと同じ大学に合格できると良いですね」

「正直、大学受験に挑むかどうかは……まだ迷ってる」

「……本当に心配ばかりかけさせる人ですよ、夏梅センパイは」

消え入りそうな声で呟《つぶや》きながら、今度は冬莉が背を向ける。

ペダルを漕《こ》ぎ出した後輩の後ろ姿は次第に遠く離れていき、僕の視力があいつを判別できなくなるまで一分もかからなかった。

心配させてごめん。

わざわざ様子を見に来てくれてありがとな、冬莉。

＊＊＊＊＊

好きな女の子が家に来ることを想像するだけで足取りがふわふわと軽い。

今なら大空まで羽ばたけそうな気がする……などと、能天気に浮かれていた自分がアホだった。

普遍的な一軒家の自宅に戻り、いつものように玄関で靴を脱いだ瞬間――

「ちょっと～、冷蔵庫に冷たいジュースが入ってないんですけど～？」

………

……どうしてっ？　困惑を禁じ得ない。

ここでは聞こえないはずの声が、リビングから聞こえてきたのはなぜでしょう。

「あっ、しょうねーん。おっかえり～♪」

リビングのソファに寝転がりながら、両足をパタパタと跳ねさせる少女。

いや、少女と括《くく》るのは美化しすぎか。

なんか懐かれてしまった小生意気な中学生。

にこやかな表情で告げられた台詞を理解できず、というか意図がまったく読めず、僕は開いた口が塞がらなかった。

「ウチの家、ついにタヌキが忍びこむようになったのか」

「誰がタヌキですか！　どう見てもかわい〜美少女中学生じゃないですか！」

「それなら不法侵入で通報しよう」

「不法侵入じゃないですよ〜。わたしたち、もう友達じゃないですかぁ〜」

「誰が友達じゃ。まだ会って二日目だろうが」

「男女が単車でニケツしたらもうダチですよぉ！　てか、家に帰ったら可愛い女子中学生がいるなんて普通は喜ぶところでしょ〜っ！　まったく最近の草食系とやらはぁ〜！」

　もしかしたらアレか？

　親切にされた相手を親だと思い込んで懐いてくる系のタヌキちゃんなのかな？

「……てか、僕のお菓子を勝手に食うなよ！　受験勉強の休憩で楽しみにしてたのに！」

「あはは〜っ、懐かしい〜。わさビーフってまだあったんですね〜」

　食害で駆除してぇ。

　侵入したタヌキＪＣが悪びれもせず、僕のスナック菓子を頬張《ほおば》ってやがる。

「というより、どうして僕んちの場所を知ってるんだよ……。しかも玄関の鍵は？」

「近所に住んでるので少年を何度も見かけたことがありますし〜。玄関のドアはガチャガチャしたらフツーに開きましたけどぉ？」

　さては出勤するときの母さんが鍵を締め忘れたな。困った母親だ。

「害獣駆除の業者なんて近くにあったかな……」

「えっ、どこに害獣がいるんですか？　冴《さ》えない浪人候補生と超絶美少女ＪＣしか見当たらないんですけどぉ？　ん～？」

殴らないけど殴りてえ～～。

ぎゃーぎゃーと御託を並べながら菓子を食いまくる自由奔放さがウザいので、とりあえずスナック菓子を奪い取っておく。

「あっ！　わたしのわさビーフっ！　どろぼう！」

「泥棒はお前だろうが！」

幼稚な中学生は奪い返そうとソファから起き上がってきたため、僕は背伸びをしながらスナック菓子を高く掲げた。

往生際の悪い中学生が懸命に手を伸ばし、ぴょんぴょんと飛び跳ねてくる。

「か弱い女子をい～じ～め～る～な～っ！　んっ、ぬっ！」

「よーしよしよし、タヌキちゃん。頑張ってお菓子を取ってみるんだ」

「こらぁ！　犬みたいに頭をな～で～る～な～っ！」

茶化《ちゃか》すように頭を撫《な》でてやれば、中学生は負けじと背伸びしながら密着してくる。

「おすわり」

お座りを命じたら律儀にソファへちょこんと正座してくれた。

「よーしよしよし、えらいえらい」

「わーい！　少年はやっぱり優しいなぁ〜♪」

　ご褒美に頭を撫でつつスナック菓子をプレゼントしてやると、満面の笑みで食べ始めた中学生……うん、飼い犬ができたみたいで癒《いや》されるな。いや、飼いタヌキか。

　所詮は義務教育中のお子さま。生意気だけど手懐《てなず》けるのもちょろいぜ。

「そういえば、木更津セントラル跡地の前で後輩ちゃんと青春してましたよねぇ？」

　冬莉との立ち話をこっそり覗《のぞ》き見されていたらしい。

「あそこにあった娯楽施設って木更津セントラルって名前だったのか。ずっとボウリング場とか廃墟《はいきょ》って呼んでたから正式名称は初めて知ったよ」

「えっ？　木更津市民なら常識じゃないですかぁ〜？　もうとっくに閉館しちゃいましたけど、木更津セントラルシネマっていう映画館もフロア内にあったんですよぉ。そこで映画を見るのがわたしの青春だったなぁ〜」

　中学生のくせに一丁前な青春を語るねえ。

「子供のころは父親の方針で遊ばせてもらえなかったから、遊び場には詳しくないんだ」

「あーあ、少年ともう少し早く出会っていれば連れて行ってあげたのになぁ。女子中学生と一緒に映画を見るという青春の思い出をプレゼントしてあげられたのにぃ〜」

「女子中学生とデートとか補導されそうなんで遠慮しとくっす」

「うっわ、めっちゃ照れてる！　そういう初心《うぶ》なところ、嫌いじゃないぞ♪」

「油揚げをやるから大人しく帰ってくれ」

「わたし、キツネじゃねーです」

「ごめんよ、タヌキちゃん。揚げ玉をあげるから大人しくお帰り」

「やーだ！　もっとお菓子をくれないと帰らないたぬー♪　屋根裏に住み着くたぬー♪」

たぬー、じゃねえ！

あざとい語尾つけても可愛《かわい》くないからな。

……どうでもいいが、じゃれてくるタヌキちゃんと仲良く遊んでいるヒマはないのだ。

「このあと大切な来客があるんだよ」

「へえ、そうですか〜」

「本当に来るからな」

「わたしのことはお構いなく〜。ペットのタヌキみたいに振舞うんで〜」

構うわい。こいつ、意地でも居座るつもりだな。

「家に女子中学生を連れ込んだ、なんて誤解をされたら僕がどうなるかわかるか？」

「どうなるんです〜？」

「待ち受ける修羅場、ドン引きされて嫌われる、場合によっては警察に捕まる、受験どころじゃなくなる、中学生に手を出したというレッテルがはられる、社会的な死」

「はっはっは、おもしろいおもしろい」

腹を抱えて笑ってんじゃねえ！　こちとらマジでビビってるんじゃ！

「はいはい、わかりましたぁ。邪魔者はさっさと帰りますよぉ〜だ」

不貞腐《ふてくさ》れた中学生だが、仰向《あおむ》けのまま立ち上がる様子が一切ないのはなぜだ。

「アレでわたしに勝てたら、ですけどね？」

テレビの下に散乱していたゲームソフトを指さすタヌキJCの明らかな挑発。

上等だ、仮にも先輩として戦いのリングに上がってやるよ。無駄にお姉さんぶる生意気なマセガキめ。さっさと完全勝利してここから叩《たた》き出してやるぜ。

自信満々だったくせに、タヌキちゃんはゲームが超下手くそだったというね。

最新のゲーム機を初めて触ったらしく、操作方法も一から教えたあとに練習プレイを一時間ほど挟んだこともあり本気の対戦なんてできるはずもない。

そのまま叩き出せたけど、僕のとなりで無邪気にコントローラーを握るこいつを強制的に追い出すのは忍びないと思い、さっさと帰れとは言《い》い辛《づら》くなっていった。

「この石炭をトラックに積んで燃料タンクまで運ぶみたいだな。僕がトラックのアクセルを操作するから、お前はハンドルを操作してくれ」

「うむむ、ゲーム初心者に無茶《むちゃ》を言ってくれますねぇ。ふにゃふにゃ人間の操作が難しいんですよぉ〜」

対戦ゲームではなく『ヒューマンフォールフラット』を楽しむ二人は、もはや時間を忘れて純粋に遊び始める。

「そうそう、そのままハンドルを切って曲がって……もっとハンドルを切ってくれ……」

「ふんにゃあ！　ハンドルをめっちゃ切りますよぉ！」

「やりすぎやりすぎ！　ハンドルを戻せ！　落ちる落ちる！　あっ、あっ！」

「あっあああああっ！　少年のせいでトラックが落ちたぁあああああああああああ！」

「お前がハンドルを戻さないからだろ！　また石炭を積み直さなきゃいけないのか……」

「今度は少年が石炭を積んでくださいねぇ」

「お前の責任なんだからお前が石炭を積んでこいや」

調子こいた中学生がハンドルを切りすぎたせいでコースを外れ、僕たちが操っていたふにゃふにゃ人間はトラックごと真っ逆さまに落下してしまう。

二人の興奮した大声が交差し、白熱した盛り上がりに包まれるリビング。

窓の外が夕闇で薄暗くなってもゲームに熱中していたのだが……スマホにメッセージが届いた音でテレビ画面から目を離し、スマホを見ながら我に返った。

【キミの家にもうすぐ着くから】

あっ!?　やっちまったっ……!!

春瑠先輩からの新着メッセージを理解した瞬間、発汗とともに焦りが湧き起こる。

家の周辺に春瑠先輩が近づいているとしたら、いま下手に追い返すと二人が鉢合わせてしまう可能性が高い。

足元には菓子やゲームが散乱してるので『今さっきまで誰かと仲良くゲームパーティしてました』感が凄《すご》いし、証拠隠滅にも多少の時間を要する。どうする。どうすればいい。

ピンポーン！

鳴り響くインターホンに連動し、縮み上がる心臓。込み上げる焦燥。

「こんにちは。夏梅くん、いますか？」

玄関ドアの向こうから聞こえる可憐《かれん》な声音は、紛れもない春瑠先輩で。

もう来ちゃったのか！　いや、僕が帰宅してから二時間以上は経《た》ってるんだけども、ずっとゲームに集中していたので体感的にはあっという間だったのよ……。

どうせ照明の光が玄関の外にも漏れているだろうし、時間稼ぎの居留守も使えない。

「しょうねーん、なんでそんなに焦ってるんですかぁ？」

「誰のせいだと思ってんだ……！」

「堂々と明かしちゃえばいいんですよ。わたしたちのか・ん・け・い・を♪」

「忍び込んで食料を食い散らかしたタヌキと駆除したい家主の関係ね」

「誰が忍び込んだタヌキですか！　正々堂々と正面突破した善良なタヌキですし！」

他人事《ひとごと》だと思ってへらへらするタヌキちゃんと漫才している場合じゃないんだよ。

「夏梅くーん、さっきから女性の声もするけどお客さんでも来てるの？」

ほら、春瑠先輩に声が筒抜けじゃん！

「……わたしの声、聞こえちゃったんだ」

真顔の中学生がぼそりと囁《ささや》いた独り言を、僕の耳はかろうじて拾う。

「こんなに大声で喋《しゃべ》ってたら春瑠先輩にも聞こえるだろ……」

「まあ、それもそうですよねぇ。この家は音漏れも激しそうですし」

ほっとけ。築四十年以上の木造一軒家、母親の実家だよ。

母方の祖父母は別宅で快適な余生を送っているため、母親と二人暮らしである。

「すみません、春瑠先輩！　ちょっと部屋を片づけてたので……！」

「逆に散らかしちゃいましたけどねぇ！」

タヌキＪＣの一言は圧倒的に余計だが、これで数秒は稼げる。

「……春瑠先輩に変な誤解をされたくないから『僕に勉強を教えてもらっている近所の中学生』を演じてくれ。恋愛なんて無関心の『真面目な』中学生な」

「しゃーないっすねぇ。アカデミー賞級の名演をしたりますわぁ」

念入りに〝真面目な〟を強調すると、中学生は怠《だる》そうにしながらも了承した。

急場しのぎの浅はかな案だが、めちゃくちゃ小声での口裏合わせを済ませ——いざ玄関ドアを開放。わざわざ様子を見に来てくれた女子大生を出迎える。

「夏梅くん、外は暑かったなー。待ちくたびれちゃったよ」

　腕組みした春瑠先輩がご立腹そうに仁王立ちしており、僕は恐縮しながらの苦笑いしかできなかったものの……先輩の表情はすぐに柔らかく解《ほぐ》れた。

「なんちゃって！　ワタシのほうこそ、夏梅くんが勉強で忙しいところに押しかけちゃってごめんね」

「いえ、まったく勉強してなかったんで大丈夫です。むしろゲームしてました」

「んん？　それはそれで心配しちゃうけどー？」

　今度は春瑠先輩が苦笑いを返し、白濱家の敷居を跨《また》いだ。

「あっ、可愛いお客さんがいる。だから女の子の声も聞こえたんだー」

　ついにリビングで顔を合わせた春瑠先輩と近所の中学生。

　この場で僕一人だけが無駄な緊張感に包まれ、過剰に分泌される生唾をごくりと飲み込んでいるのだろう。

「……ごめんなさい」

　なぜか謎の謝罪を中学生が呟《つぶや》いたので、自分の心拍数が顕著に上昇していく。

　意味深に謝ったら、なおさら変な関係だという誤解を生みかねない。

　春瑠先輩も見るからに困ってるし、この小悪魔タヌキ……言葉を一つ間違えば修羅場待ったなしのスリルを楽しんでいるのだろうか。意図が読めない。一瞬だけのぞかせた苦しそうな表情はアカデミー賞級の名演なのか。

昨日出会ったばかりの関係性では、わかるはずもなかった。

「初めまして、夏梅くんの一つ先輩で大学生の広瀬春瑠です。その制服は中学生かな？」

気を取り直し、簡素に自己紹介する先輩。

「こんにちは。少年……じゃなくて、夏梅お兄ちゃんに勉強を教えてもらっている近所の中学生です。趣味は人間観察と潮干狩りです」

うっわ、きんもー。お前……夏梅お兄ちゃんってさあ。

近所の清楚《せいそ》な少女キャラを演じているのか、落ち着いた口調に静かな声色を乗せているので違和感の気持ち悪さが限界突破しそう。

喉元までせり上がってくる笑いに耐えろ。僕が指示したんじゃないか。

「夏梅くん……この子、もしかして……」

ああ……春瑠先輩にバレた……？

さらば、高校生活。たぶん始まりもしないだろう大学生活。会ったばかりのＪＣを家に連れ込む男という不名誉な看板を一生背負って生きていくよ。

「めちゃくちゃ可愛い〜っ!!」

いきなり声を弾ませた春瑠先輩は……思いっきり抱き締めたのだ！

疑う素振りすらなく、清楚（を装っている）中学生を！

「こんなに可愛い女の子が近所にいたんだね！　ていうか、夏梅くんも早く紹介してくれたら良かったのに〜もう！」

「す、すみません！　こいつ、ちょっと人見知りで！　僕以外になかなか懐かなくて！」

「ほーん、確かに物静かで真面目そうだもんねー。夏梅くんが勉強を教えてるからか、優等生って感じがするもん！」

騙《だま》している僕が言うのもなんだけど、春瑠先輩は純粋すぎて心配になるな。

「お兄ちゃん以外には懐かないっていうか、夏梅お兄ちゃんが大好きっていうか〜」

「勉強の教えかたが好きなんだよな！　僕の勉強法はわかりやすいから、ははは っ」

おい、やってくれたなあ……！

マジでいらんアドリブをかまされ、無駄に焦った僕は食い気味に台詞《せりふ》を被《かぶ》せた。

「そういえば、夏梅くん……勉強せずにゲームやってたんだよね？」

しまった……玄関での「ゲームしてました」発言もそうだし、リビングに散らかる菓子やプレステは勉強の欠片《かけら》もないパーティルーム状態という説得力のなさ。

「こいつ、友達がなかなか作れないらしいので最近の遊びを教えてたんですよ。これでゲームの話題にも入っていけるし、友達の家に行ったときもゲームで盛り上がれる……友達と仲良くなるための勉強、みたいな？」

我ながら苦しい作り話だと思う。

「……夏梅くんって本当に優しい人なんだね!!　そっかそっかぁ……夏梅くんの先輩でいられることを誇りに思うよ！」

「春瑠先輩が教育してくれたからです……！」

ちょろすぎる。春瑠先輩は簡単に信じてくれたばかりか、ちょっと涙目になっているのでそこはかとない罪悪感が。

「名前はなんていうの？」

「えっ？　白濱夏梅ですけど」

「ふふっ……それは知ってる。話の流れ的に中学生ちゃんの名前でしょ」

うっかりアホな返事を炸裂《さくれつ》させてしまい、春瑠先輩に笑われてしまう……。

そういえば中学生の名前ってまだ聞いてなかったな。勉強を教えるほど懐かれている設定なのに名前を知らないのは、かなり不自然に思われるのでは？

「こいつは……タヌキ。そう、タヌキちゃんです」

「えっ、タヌキちゃんっていう名前なの？　イルカの髪飾りをつけてるのに？」

あっ、純粋だからタヌキで押し通せそう。

可愛《かわい》い響きだよね、タヌキちゃん。これからそう呼ぶか。

「だーれがタヌキちゃんですかぁ？　お兄ちゃーん、ウケ狙いの冗談もほどほどにしてくださいねぇ～」

「痛い痛い、ごめんって。お前はタヌキよりは可愛いから……」

「ありがとうございますぅ～惚《ほ》れちゃダメですからねぇ～～？」

静かなる怒りを人差し指に込めた中学生が、作り笑顔を取り繕いながら僕の脇腹をぐりぐりと抓《つね》ってくる。普通に痛いよう。

「わたしの名前は〝海果《うみか》〟です。顔も可愛いし名前も可愛いので以後お見知りおきを♪」

中学生が軽快すぎる自己紹介をかました。

海果……か。夏っぽくて可愛らしい名前じゃないの。

「夏っぽくて可愛らしい名前だね！　さっきまでとキャラが違う気もするけど？」

「こういう風に自己紹介すれば人気者になれるって夏梅お兄ちゃんに教わりました。わたしは気乗りしなかったんですけど、お兄ちゃんが無理強いして……」

「夏梅くーん、真面目な子に変なこと教えないの。明らかにキャラと違うでしょ」

おーい、僕が怒られたじゃん。騙している側が言うのもあれだけど、春瑠先輩は騙されているんです。そっちが海果の本性なんです。

先輩が見てない瞬間にぺろりと舌を出して煽《あお》ってきやがるところとかね、ウザいよね。

「ちなみに夕飯まだ食べてないよねー？　どうせ自炊はしてないだろうし、お料理上手な春瑠先輩がちゃちゃっと作ってあげよう」

社会的な死はどうにか回避できたらしい。

安堵《あんど》の息を吐いたと同時に、忙しい先輩がわざわざ来てくれた理由を思い出す。

「僕としては本当にありがたいんですけど、このために東京から来てくれたんですか？」

「まあ、木更津に帰る理由は他にもあるんだけどね。受験勉強を頑張る後輩くんを少しでも応援したいと思ってるからさ」

「東京から木更津って地味に遠いし、交通費も千円以上はかかりますよね……？」

「気にしなさんな。高校生よりは時間もお金も余裕があるからー」

何かのついでに立ち寄ってくれただけだとしても、日常の細《ささ》やかな幸せとして噛《か》み締《し》められる。ずっと片思いしている憧れの人が、心配して様子を見に来てくれる。しかも僕のために手料理を振舞ってくれる。

告白なんてしなくても、彼氏彼女になれなくても、そんな青春の一欠片が続いていけば——それだけでいい。現状維持を動かす必要性なんて、ない。

「夏梅お兄ちゃーん、ゲームの続きをしましょうよぉ。まだ石炭を運んでいる途中だったじゃないですかぁ」

「海果ちゃん、まずは散らかした部屋を片づけようねー？」

「はい！　春瑠姉さん！」

「やーい、春瑠先輩に怒られてやんの。ざまあねえな」

「夏梅くんも一緒に散らかしたんでしょ？　片づけなさい」

「はい！　春瑠先輩！」

「やーい、春瑠姉さんに怒られてやんの。へっへっへ、ざまあないですねぇ」

くっそ！　僕と似たような煽りをすんな！　同じ精神レベルだと思われるだろ！

キッチンに移動した春瑠先輩が夕飯の調理をしているあいだ、僕と海果は手分けしてリビングを片づける。

「夏梅くーん、今日は冬莉ちゃんと一緒に帰ってきたんだって？」

えげつない問いかけをもらい、肺の空気をすべて吹き出しそうになった。

「どうしてそれを知ってるんですか……!?」

「さっき、冬莉ちゃんに教えてもらったんだよねー」

得意げに自らのスマホ画面を見せつけてくる春瑠先輩。

そこには【だらしないバカ受験生をよろしくお願いします】という冬莉のメッセージが表示されていた。

ふーん、だらしないバカ受験生ね。

……えっ、これって僕のこと？　冬莉には〝だらしないバカ〟だと思われてるの？

「冷蔵庫の残りものを使わせてもらおうかな。あと調味料も貸してもらいまーす」

冷蔵庫の中を覗《のぞ》いた先輩は手慣れた様子で食材を並べ、さっそく料理を始めた。

「どう学校は？　三年生になったんだもん、色々と忙しいでしょ？」

「まあ……それなりに。いちおうは受験勉強とかありますからね」

「ホントに勉強してるのかなー？　ワタシが家庭教師として見張ってあげようか？」

冗談混じりの談笑をしている時間が、好きだ。

なんだかんだで甘えさせてくれる人との空気感が、好きだ。

先輩が食材の下処理を進め、包丁がまな板を叩《たた》くリズミカルな音を奏でながら他愛《たあい》もない話題を振ってくる。先輩の優しげな声も相まって夢見心地の音色だった。

ずっと料理が完成しなければいいのに。

手料理は食べたいけれど、食べ終わってしまえば春瑠先輩は帰ってしまうから。

だから話題を長引かせて、調理の手を遅らせる悪あがきをしてしまうのだ。

充実している時間ほどあっという間に過ぎ去っていく。その感覚を久々に味わい、自らも驚く弾んだ声の端々には寂しさも混ざり合う。

「わたしの家族が心配するので、そろそろ家に帰りますねぇ」

リビングの片づけを済ませた海果は、せっせと帰り支度を始めた。

「えー？　せっかくだから海果ちゃんも一緒に夕飯を食べていこうよー。家に連絡するならスマホ貸そうか？」

「春瑠姉さんの夕飯もご馳走《ちそう》になりたいんですけど、ここで食べちゃうと満腹になって家のご飯が食べられなくなっちゃうのでぇ！」

　現時刻は十九時過ぎ。実家暮らしの中学生はご家族に心配されるだろうし、家族揃《そろ》って夕飯を食べるなら海果のぶんも用意されているよな、きっと。

　さすがに申し訳ないので、春瑠先輩もそこまで強くは引き止めなかった。

「どうせ近所なのでいつでも遊びに誘ってください！　それではぁ！」

　春瑠先輩には従順というか、ちゃんと挨拶をしてからリビングを去っていく海果。見送りのために僕が玄関まで付き添うと、靴を履いた海果は真正面からこちらを見据えた。

「……近所なので見送りはここで大丈夫です。あとは二人だけで、ごゆっくり♪」

　おもむろに顔を近づけてきた海果は、そっと吹きかけるような小声で話す。

　しんどい。中学生に空気を読まれる高校生ってダサすぎるのでは。

「……一応言っておく。ありがとな」

「うっ、気持ちわるっ！　わたし、感謝されるようなことしましたっけ？」

　マジで気持ち悪そうなドン引き顔をされると、さすがに傷つく。

「……なんか海果と絡むようになって春瑠先輩とも久しぶりに会えたからさ。お前がいなかったら海浜公園のバスケコートなんて行かなかっただろうし」

「えへへ～、わたしは恋のキューピッドですねぇ。やまとの回転寿司が食べたいでーす」

「しゃーないな……今度奢《おご》ってやるよ」

「素敵なことが起きてよかったですね！　それじゃあ、がんばれ少年！」

玄関ドアを通りながら海果が言い放った台詞は、昨日も聞いた気がした。今日は『素敵なことが起きたあと』なので言い回しは若干異なっていたけど。

玄関ドアが完全に閉まる寸前まで憎たらしく微笑《ほほえ》んでいた海果だったが――

また、だ。

微《かす》かに動いた唇。空気を震わせる気のない無音の言葉が、届く。

ごめんなさい。

どうしてお前が謝るのかは、わからない。

「はい、できあがり。春瑠先輩の特製焼きそばでーす！」

海果が帰宅してから数分後、大皿に盛られた焼きそばを春瑠先輩がテーブルに並べる。

冷蔵庫に残っていた野菜や冷凍の豚肉を食べやすいように刻んで炒《いた》め、光沢のあるソースが絡む麺《めん》と和《あ》えたオーソドックスな出来栄えだった。

正直、夕方に菓子を食べたので空腹とは程遠い。でも、濃いめのソースと豚肉の香ばしい匂いが鼻を執拗《しつよう》に撫《な》でるうえ、春瑠先輩が僕のために作ってくれたという事実だけで口内に唾液が充満してしまう。

「んっ？　どしたの？　まさか……お菓子を食べすぎてお腹《なか》が減ってない～とか、小学生みたいなこと言わないよね？」

「めっちゃ腹ペコっす。いただきます！」

冷めないうちに下品な音を抑えず一口啜《すす》る。無防備な口の中に濃厚なソースが絡み、野菜の水分や肉汁が溶け込んだ油を舌が追い求め、麺を挟み上げる箸が止まらない。

「味はどう？　ソースとかは市販のだし、そんなに不味《まず》くはないと思うんだけど」

「先輩が作ってくれたので格別に美味《うま》いです」

「気を遣ってくれる後輩で嬉《うれ》しいなー。おかわりもあるからいっぱい食べてね！」

まんざらでもなさそうな春瑠先輩が椅子に座り、僕たちはテーブルを挟みながら向かい合う。

これだよ……母の味より食べた先輩の味。

プロ級に美味《おい》しいとか、色味や盛りつけが芸術的に映えるとかではないものの、落ち込んでいるときや悩んでいるときに辛《つら》さを忘れさせてくれる。

「こらっ、よく噛《か》んで食べなさい。あと、たまにはサラダとかお味噌汁《みそしる》も作ってバランスのいい食生活を心がけること」

僕の母親より母親らしいことを言ってきた。

食べ盛りの息子を世話しているような眼差《まなざ》しの先輩に見守られながら精いっぱいの現状維持を満喫していたのだが——時折、無性に目を逸らしたくなる。

「春瑠先輩は……」

「ん？　ワタシがどうかしたの？」

きょとんと瞳を見開く先輩を目の当たりにすると、いつも言葉に詰まってしまうから、

「いえ……なんでもないです」

今日もまた、はぐらかす。

この幸せは偽物。

先輩の笑顔も、穏やかな声も、煌《きら》びやかな瞳の奥も。

たぶん、僕に向けられたものじゃない。

焼きそばの味つけもトッピングされた具材も、僕の好みに合わせたものじゃない。

そんな現実を改めて思い知らされるたび、胸の底にじくじくとした鈍痛が生じ、湿った息が喉奥に痞《つか》えてしまう。

「夕食のあとはＤＶＤでも見ようよ。前から見たかった旧作をレンタルしてきたからさ」

タイトルを聞かずとも、先輩が借りてきた作品を悟る。

過去の先輩が……僕以外と観《み》に行っていた映画だから。

「その映画、めっちゃ観たかったんですよね」

自分の言葉とは真逆。観たくない。

自らが纏《まと》う偽りの笑顔に隠した劣等感で、脆弱《ぜいじゃく》な片思いが締めつけられそうだ。

共同作業の家事も一段落し、リビングのテレビで再生した邦画。

しかし……内容なんて微塵《みじん》も頭に入らず、右から左へ通り抜けていくだけ。

となりに座る春瑠先輩には甘酸っぱい思い出があり、僕には何も思い入れがない。

あるはずもない。

それは果てしなく長い——百三十分間の拷問だった。

「じゃーん！　バイトの初給料で買っちゃった！」

ＤＶＤを見終わった直後、先輩は自らの鞄《かばん》から最新のゲーム機を取り出し、僕の眼前に提示してくる。

「夏梅くんが持っていないゲーム機だよねー？　二人分のコントローラーがあるからさ、ちょっとやらない？」

大人のお姉さんかと思えば少し子供っぽいところも可愛《かわい》い。この携帯ゲーム機はテレビにも接続可能でコントローラーも二つに分離するタイプだった。

「あ、あー、それ僕もやってみたかったんですよねー」

「でしょでしょ？　受験勉強の息抜きにゲームも悪くないよねー、たまにならー！」

同じゲーム機の色違いを僕も所持しているけど、買ったばかりのゲームを見せびらかす先輩のテンションが下がりそうなので空気を読む。

僕は初心者を装いながらガチ初心者の先輩と仲良くプレイしたいんだ。

「夏梅くん相手に練習して大学の友達にも負けないようにしないと！」

「ゲームに熱中しすぎて終電を逃しても知りませんよ？」

「あははっ、そんなに子供じゃないから。今日は肩慣らし程度にサクッとやるだけー」

……とかなんとか笑い飛ばしていた春瑠先輩だが、座布団に座ってゲームを始めてみると予想以上にはしゃいでいた。

それこそテレビ画面を注視し、二人揃って時間を忘れるくらいには。

「春瑠先輩……よっわ」

「ちょっと、夏梅くん！　イジワルしないでよーっ！　大人げないなぁーっ！」

「僕が強いわけじゃないです。春瑠先輩が想像を絶する弱さだっただけ……ですから」

「決め台詞《ぜりふ》みたいに言うのが余計に腹立つ！　後輩のくせに生意気だなーっ！」

初心者の春瑠先輩は想像以上にゲームが弱く、こてんぱんにしてやった。

これでも手加減する僕が連戦連勝を続けるたびに、春瑠先輩は涙目を晒《さら》しながら理不尽なブーイングを飛ばし、先ほどまでのお姉さん感は消え失《う》せていた。可愛い。

「なんだか賑《にぎ》やかだと思ったら……春瑠ちゃんが来てた……」

背後から不気味な掠《かす》れ声がしたため、ゲームをしていた僕らは同時に振り返る。

洒落《しゃれ》っ気《け》の欠片《かけら》もない地味な私服、ロングの毛先が波打った細身の女性。

とろんと眠そうな目元に薄《うっす》らと浮き出たクマは、ナチュラルメイクだと隠しきれない。

「おかえり、母さん。今日も遅かったね」

「あーっ、小雨《こさめ》さん、お久しぶりです！　お邪魔してましたー」

春瑠先輩が畏《かしこ》まって挨拶した相手は僕の母親『白濱小雨』だった。

母さんはふらふらと千鳥足で徘徊《はいかい》し、リビングのソファへ倒れ込むように沈む。

「うっわ、酒くっさ……まーた仕事帰りに飲んできただろ」

「……うへへ……ちょーっと飲んだけど……酔っぱらってないもん……」

「酔ってるやつはみんなそう言うんだよ」

だらしない表情や甘えたような喋《しゃべ》りかたも素面《しらふ》とは思えないし、いつもは不健康な真っ白の顔が上気して朱色が差している。

「ちなみにどこでいくら使ったの？」

「……夏梅……私が無駄遣いすると、すぐ怒る……今回は怒らない……？」

「うんうん、怒らないから正直に白状してくれ」

「……うーんとね……大衆食堂とみに行って～……タンメンとギョーザ……」

それくらいなら普通の夕飯だな。怒るほどではない。

「……それとねー……ハムカツに野菜イタメ……ポークソテーライスも食べた！」

「ビールは？」

「……大ビンで……三本！」

「一人でどんだけ飲み食いしてんだ！　だから家を建て替える金が貯《た》まんねーんだろ！」

「……ひーん、夏梅が怒る……怒らないって言ったのに……」

俊敏な動きで春瑠先輩の後ろに隠れ、こちらの様子を窺《うかが》う母さん。

毎日のように繰り広げられる白濱家の恥部を晒してしまったが、見慣れた光景だなぁと言わんばかりに苦笑いする先輩に「まあまあ、夏梅くんも怒らないであげて」と宥《なだ》められてしまう。こんな浪費家の飲んだくれにも優しい……天使やん。

「……私は飲むと満腹中枢がイカれるタイプでして……もちろん帰り道は運転代行を使ったから……安心して……ねっ！」

「そのせいでなおさら支出が増えている件はどうしましょうか」

「……ふへへ……かざもっちゃんが代金をまけてくれた……」

「いつも世話になって……風森《かざもり》さんには頭があがらないな」

母さんが毎度のごとく世話になっている運転代行のフリーターこと風森さん、二十歳《はたち》。

僕も見知った間柄ではある。

「……春瑠ちゃん……お腹減ったぁあああ……」

「めちゃくちゃ食ってきたばっかじゃん！」

「……私は飲むと満腹中枢がイカれるタイプでして……」

この母親、さっきと同じことを言いやがる。

「焼きそばを作り置きしてあるので、レンジで温めますねー」

「あーっ、さすが春瑠ちゃん……息子ともども、お世話になってます……」

ソファの上でぐったりと脱力した母さんだが、この光景は日常茶飯事なので僕も春瑠先輩も取り乱したりはしない。本当の母さんより母親らしいのが春瑠先輩なのだ。

「ここで脱ぐな。自分の部屋で着替えろ」

「……ほっほっほ……家族だし……気にするでない……」

酒気帯びのため暑いらしく、おもむろに脱いだ上着や靴下をソファの背もたれに放り、ぶかぶかのＴシャツに着替え始める母さん。部屋が散らかる元凶なのがわかる。

「……冷蔵庫から……お酒を取っていただけないでしょうか……」

「春瑠先輩、無視していいですからね」

「やだやだ……無視しないで……ここから動けない……うわーん……」

幼児化した母親の図々《ずうずう》しいお願いに反応した春瑠先輩は「はーい、ちょっと待っててくださいねー」と、嫌な顔一つせずに応じる。

「……春瑠ちゃん……私のママになってくれないかな……ばぶう……」

わけわからんことを呟《つぶや》く母さんだが、ママはあんたなんだよなぁ……。

「春瑠ちゃんも……好きなお酒があったら……飲んでいいよ……」

「十九歳の未成年です♪」

「なんですと……？　仕方ない……夏梅でいいや……一緒に飲もうぜ……」

「息子が高校生なのを忘れてんのか？」

残念そうに手足をバタつかせた母さんは春瑠先輩からグリーンラベルを受け取り、ソファへ横たわりながら躊躇《ちゅうちょ》なく喉奥へ流し込む。

「というか、春瑠ちゃん……今日泊まっていくの……？」

「いえ、遅くても終電で帰るつもりですけど」

きょとんとする春瑠先輩だったが、僕は質問の意味を察し、壁掛け時計に視線を移す。

「春瑠先輩、終電の時間……たぶん間に合わないですね」

時刻は二十三時を回ったところだが、木更津駅の千葉方面は二十三時四分が終電。

これに乗らないと千葉駅発の終電にも乗り換えられないが、今からバイクで送ったとしても残り四分では間に合わないだろう。

乗り遅れが確定し「困ったなー」みたいな嘆きを漏らす先輩だったが、

「お泊りしてもいいの？」

「へっ？」

妙な湿り気を帯びた不意打ち発言に、僕の思考は一時停止させられた。

お泊り、とは。

僕の家に先輩が宿泊するということです？

僕が春瑠先輩と一夜を共に過ごす？

「でも、お泊りセットとか着替えを持ってないから難しいかなー」

「まあ、そうですよね。泊まらないですよね」

全身の筋肉を支配していた強張《こわば》りから解放され、安堵《あんど》と落胆が交錯する。

まあ、そうですよね……なんて淡泊に対応した素振りを見せた後輩男子だけど、気取った仮面の下は動揺や興奮による気持ち悪い表情が隠れていた。

この人、どこまでが本気なんだか……後輩を無自覚に弄ぶのは勘弁してくれ。

「今日は実家に泊まるね。ここからだと徒歩で二十分ちょっとだし」

それが無難だろう。僕が一人で舞い上がり、一切眠れる気がしないし。

春瑠先輩は数秒ほどで帰り支度を整え、寝転んだまま軽く手を振る母さんに「それではお邪魔しました！」と挨拶した。

玄関まで付き添った僕だったが、ラビットの鍵を手に取る。

「深夜に一人で歩かせるのも心配だし、バイクでも良ければ家まで乗せていきますよ」

「へぇー！　夏梅くん、バイクの免許なんていつの間に取ったの？」

「中免を取ったのは去年の夏です。まあ、部活をやめてヒマだったんで……」

春瑠先輩は喜びを含んだ声を漏らしたが、潤んだ瞳が揺れているように感じた。

「……お言葉に甘えて、お願いしようかな」

そのときの先輩は触れただけで壊れてしまいそうなほど、儚《はかな》くて美しかった。

＊＊＊＊＊

無人のごとく静まり返った深夜の富士見通り。ラビットの軽快な音だけが響く中、ヘルメットをかぶった女性が、運転手の腰に両腕を回す。

世界には僕と先輩だけが取り残され、逃避行でもしているかのよう。七月上旬の夜風は海の香りを攫《さら》い、生温《なまぬる》く吹き流れていく。

ツーリングで切り裂く夏の夜風は気持ちいいけど、絶えず背中に伝わってくる先輩の温《ぬく》もりに勝るものはなかった。

「夏梅くん、ちょっとだけ寄り道していかない？」

走行音や風の音に混ざり、背後からそんな提案が聞こえてくる。

「もう夜中の十一時なんですけど！」

「ワタシと夜更かしするのは嫌かな？」

「先輩と夜更かしするのは慣れてるんで、どこにでも付き合いますよ！」

明日も学校だが寝坊しようとも問題ない。

深夜徘徊で補導されようがまったく構わない。

二人きりの時間ができるだけ長く引き延ばされてくれるのなら。

このままどこか遠い彼方《かなた》まで、あなたと行けるのなら。


「うあーっ、すぐ着いちゃったねーっ！」

マジですぐ着いちゃったなあ。

駐車場に停《と》めたバイクから降りた春瑠先輩。

瑠璃色の夜空に両手を突き上げ、縮こまっていた背筋を軽快に伸ばす。

最低でもアクアラインは越えたかった……という僕の密《ひそ》かな願いは叶《かな》わず、富士見通りを一直線に走り抜け、秒針が十周する程度の時間で目的地に到着してしまった。

道に迷ったふりをすれば……などと、小さな後悔を胸中で呟きつつも、さすがに通い慣れたスポットなので浅はかな思惑は自重した。

海沿いの開けた場所を青白い常夜灯が照らし、低いコンクリ壁やフェンスの向こうには吸い込まれそうな黒の水面が待つ。

遠くにぼんやりと浮かび上がる工業地帯の光。

淡い暖色が重なった水平線は深い眠りに落ちる東京湾へ一筋の道を描き、波の揺れに合わせて人工の光も控えめに踊る。

　鳥居崎《とりいざき》海浜公園——ここが春瑠先輩の寄り道だ。

「夜に来たのは久しぶりなんだけど、結構遅い時間なのに意外と人がいるなー」

「周辺は釣りスポットですからね。夜釣りしてる人も珍しくないですよ」

　春瑠先輩は感心したような声を漏らす。実際、周囲には釣り人らしき人影が疎《まば》らに動いており、黒い海に向かって糸を垂らしているみたいだ。

「春瑠先輩は夜釣りがしたかったんですか？」

「そんなわけあるかー。めちゃくちゃ手ぶらなんですけど」

　半分冗談のつもりだったのに、天然な発言だと思われたのか苦笑されてしまう。

　明らかに釣り人じゃない風貌の男女もちらほらと見かける。それこそ、僕たちの雰囲気が浮かないくらいには。

「……ここ、恋人の聖地って言われてますよね」

「うん、知ってる。そこそこ有名じゃん」

　水平線の工業地帯を眺めながら春瑠先輩は淡々と答えた。

　木更津を舞台にしたドラマが十数年前に放送され、ロケ地の一つにもなった鳥居崎海浜公園は恋人の聖地と呼ばれるようになったとか。恋人同士をイメージした二匹のタヌキが鼻をくっつけているモニュメントにも【恋人の聖地】と大きく記載され【ＬＯＶＥ】と象《かたど》られた柵には大勢のカップルが残した南京錠《なんきんじょう》がぶら下がっている。

「夏梅くんは、こういう恋人っぽいイベントは嫌い？」

「いえ……好きな人とならやってもいいかなと思います。大人になってから恥ずかしい黒歴史になったとしても、大切な人と過ごした日々には変わりないので」

「今日はワタシとなんかでごめん。夏梅くんもいつか好きな人と来たいよねー」

申し訳なさそうな先輩は弱々しい声で謝った。となりに並び立つ僕は愛想笑いでお茶を濁したが、そうでもしないと抑え込んできた本音を吐露しそうになる。

今まさに、好きな人と来ている――と。

「春瑠先輩は、どうして僕の家に来たんですか？」

後輩の純粋な心を翻弄した理由は聞いておきたい。

「なんとなく、かな。最近の夏梅くんがだらしないって冬莉ちゃんに聞いてたから」

「……それだけですか？」

「それに、昨日会ったキミは寂しそうな顔をしていた気がするからさ」

「寂しそうな顔なんて……してないですよ」

「そっか。それじゃあ、ワタシが過保護だから心配になったってことで」

お姉さんぶった余裕の微笑《ほほえ》みは、すべてを見透かされているような感覚をもたらす。

「この場所に来たかったのも、なんとなく……ですか？」

「そう、この場所に用事なんて何もないよ。本当に……ただ寄り道したかっただけ」

一見は平静。しかし――

「地元に戻ったときはさ、立ち寄るようにしてるんだ。ワタシが好きな場所だから」

絞り出されたような声が……夜の海に攫われていく。

「兄さんも……この場所が好きでした」

僕の台詞《せりふ》も喉に痞《つか》えたが、落ち着いて静かに吐き出す。

「うん、知ってる」

春瑠先輩はほんの微《かす》かに頷《うなず》き、

「――だからワタシも好き。キミのお兄さん……晴太郎《せいたろう》先輩との思い出がある場所だから」

一粒だけの涙が、彼女の頬《ほお》を伝う。

「時々ね……キミが晴太郎先輩に見えるときがあるの。彼のバイクに乗る夏梅くんの後ろ姿は本当に似てる」

「……僕は弟なので、兄さんのラビットに乗れば雰囲気は似るんじゃないですかね」

「兄弟だから不思議じゃないんだけどさ。二人の姿がダブって……仕方ないんだ」

先輩は自らの顔を手のひらで覆い、脆弱《ぜいじゃく》な表情を隠した。直視していられない。僕は反射的に目を逸《そ》らしたい衝動に駆られ、戸惑う視線を水平線へと逃がす。

「ここにいるのは可愛《かわい》い後輩の夏梅くん。わかっているはずなのに……ワタシは今でもあの人がいた最後の夏で……時計が止まってるのかもしれないね」

兄さんの面影と重なったから、春瑠先輩はこの場所に寄り道したくなったのだろうか。

今この瞬間、春瑠先輩のとなりにいるのは白濱夏梅。

僕が〝大嫌い〟だった白濱晴太郎であるはずがないのに。

春瑠先輩の初恋が叶うことは、永遠にない。

僕の片思いが叶うことも、絶対にありえない。


僕の兄は、白濱晴太郎は……一年前に死んでいるのだから。


春瑠センパイが涙を流していても、優しく抱き締めることすら叶わない。

それは僕の役目じゃない。

「ワタシはまだ……許されてないみたい」

「何を……ですか？」

「とっくに終わっている片思いを忘れる権利が、ないみたい」

春瑠先輩は……どこを見ているんだ。

あなたの視線が固定されている黒い水面の先には、何もない。

ましてや生身の人間の存在感など、あるはずもない。

海に引きずり込まれそうな恐怖感と、ちょっと目を離してしまえば彼女が消えてしまいそうな感覚に襲われ、東京湾を眺める先輩から目を逸らせない。

ポケットから取り出したスマホを耳に添えたあなたは——綺麗《きれい》な涙を流しながら、誰の声を聞いているのだろうか。

「もう好きじゃないし、とっくに吹っ切ったつもりだったのに……どうしても先輩の残像が消えてくれないんだ」

広瀬春瑠が恋焦がれているのは失われた〝本物〟であって、僕は本物の居場所に図々《ずうずう》しく居座りながら物真似《まね》をするだけの〝偽者〟でしかないのだ。

「終わった初恋を忘れさせてよ、後輩くん」

それでも——春瑠先輩が悲しみや喪失感を少しでも忘れられるのなら、僕は白濱夏梅として報われなくてもいい。

＊＊＊＊＊

春瑠先輩を広瀬家まで送り届けてから、自宅近くの道でバイクを降りた。

ぐちゃぐちゃに錯綜《さくそう》する感情を冷やしたい。エンジンを切ったラビットを押して歩きながら、街灯だけが照らす不気味な夜道をのろのろと進む。

誰もいない深夜のみまち通り。

この場に似つかわしくない制服姿の人影が正面に現れ、思わず足を止められてしまう。

「中学生が出歩いていい時間帯じゃないけどな」

「高校生だって出歩いちゃいけない時間じゃないですかぁ」

対峙《たいじ》したのは……海果だった。

数時間前までゲームで遊んでいたタヌキちゃんと同一人物のはずなのに、僕を映す瞳に物悲しさを宿した立ち姿は別人のよう。

年下の少女が背負う重苦しい空気に呑《の》まれ、軽口など叩《たた》けなくなった。

踏み締めたアスファルトに靴底が縛られる。

滲《にじ》んだ汗の粒が流れ落ちる。

夏の夜なのに鳥肌が腕を侵食し、暑さが消失したと錯覚してしまう。

イルカの髪飾りが月明かりを纏《まと》い、妖しい存在感を放っていく。

「わたし、実はタヌキじゃなくてイルカだったみたいなんですよね」

こいつの言っている意味が、すぐに理解できない。

「わたしの姿を見てしまった時点で……いえ初めて見えてしまった瞬間からあなたの……

夏梅少年の〝止まっていた片思い〟は、否応《いやおう》なしに動き出したんですよ」

「どういうことだよ……」

「実際に動き出した自覚はありますよね？　すべてが偶然だと思っていましたか？」

間延びしたムカつく口調に戻ってくれ。

事実を淡々と突きつける沈着な喋《しゃべ》りかたをやめてくれ。

違うだろ、お前はそんな言動が似合うキャラじゃないよな。

「現状維持はもう許されません。あなたの片思いは自分の手によって再び動き出すか、永遠に失うかのどちらか一つしかないんです」

「ただの冗談だよな。からかってるだけだって……怒らないから正直に言ってくれよ」

「別に怒ってもいいですよ。それで少年の気が済むなら、いくらでも嘘《うそ》つき呼ばわりして結構ですが……わたしの言ったことは何も変わりません」

アカデミー賞級の名演なんかじゃない。

声色の変化、表情の微妙な違い、僕を見据える視線……そのどれもが僕の知る海果ではなかった。いや、ふざけていた小悪魔な姿こそが演技だったとでもいうのか。

「誰なんだ……お前は」

「幸運のイルカ、みたいなものです。わたしを見つけたら〝止まっていた片思いが動き出す〟ような存在らしいですよ？」

「ずいぶんと曖昧な存在なんだな……」

「わたし自身もよくわかってないので。わたしを認識できた数少ない人たちは例外なく行き場のない気持ちや現状維持の恋心を抱え込んでいた人でした」

突拍子もない話すぎて、すべてを鵜呑《うの》みにできはしない。

どこからどう見ても、こいつは生身の人間だとしか思えないから。

「その人たちがどうなったのか、教えましょうか？」

答えを知りたい僕は……静かに頷く。

「どうしようもなかった現状維持が進みだして好転するか、その人にとっての最悪な結末になるか……二つに一つの未来が待ち受けます。どっちにしろ強制的に動き出すんです」

「やめてくれ……ありがた迷惑だ」

「そう言われても、わたしにはどうすることもできませんので。夏梅少年みたいな拗《こじ》らせた人とわたしが引き合うことで発動する〝呪い〟みたいなものですから」

「それが幸運のイルカの正体だとでも言いたいのか……？」

「それは勝手にそう呼ばれるようになっただけでしょうねぇ。イルカの髪飾りをつけてるし、木更津の海辺によく出没するので……噂話《うわさばなし》が広がっていく過程でキャッチーな題材にするために名付けられたんじゃないかと」

唐突な混乱が眩暈《めまい》を引き起こしたが、もはや闇雲に拒絶する気力も湧かない。

仕事や飲み会の帰りと思われる通行人が近くを通りかかる際、僕のことを怪訝《けげん》な横目で見たり逃げるように距離を置いて避けていく反応を感じ取った。

「深夜の路上で夏梅少年が独り言を喋ってるように見えるんじゃないですか？」

本当に見えてないのか……僕以外には、こいつの姿が。

聞こえていないのか、こいつの生意気な声が。

私服姿にヘルメットを着用している僕とは異なり、海果は中学の制服を堂々と着ているのに……夜間巡回中の警察官ですら見向きもしない。

「あの！　そこに中学生がいませんか……？」

補導を覚悟して呼び止めてみたが、

「不気味なこと言わないでくださいよ……誰もいないじゃないですか」

ヤバいやつに話しかけられた、みたいな顔を露骨にされてしまい、まるで相手にされず立ち去られてしまった。

もしかしてと思い立ち、スマホのカメラを海果に向けてみても……薄暗い歩道と住宅街の影しか映らない。

思春期ならではの妄想として笑い飛ばしたいのに、虚言扱いの根拠が失われていく。

「ちょっと待て……春瑠先輩にもお前の姿が見えていたよな。だとしたら……」

「春瑠姉さんにも〝現状維持で止まったままの片思い〟がありますから。夏梅少年には心当たりがありすぎると思いますけど」

「春瑠先輩の片思いが動き出すわけないだろ!!　だって先輩が好きだった人は……僕の兄さんは……。とっくに終わったんだ……あの人の初恋はもう……!!」

「ごもっともですが『常識では測れない現象』が起きるでしょう。これまで確認できた不可思議な季節は七つ。そのうちの一つの季節が訪れ、あなたたちの現状維持を壊します」

ありがた迷惑なんだよ。

行き場のない恋心にさえ目を瞑《つぶ》れば……いずれ風化するまで我慢すれば、沈黙の現状維持は誰も傷つかずに関係も壊れない。心の平穏を保っていられる唯一の手段なのに。

「ありがた迷惑なのはわかってます。でも……わたしにはどうしようもないので、キミたちの片思いが報われるのを祈りながら見守ることしかできません」

だからお前は――

「ごめんね、わたしのせいで……キミたちは苦しい思いをすることになる」

会うたびに悲しげな眼差《まなざ》しで謝っていたのか。

イレギュラーな自分が存在するだけで誰かの関係や未来を大きく狂わせてしまうから。

「これから始まるよ。もう会えないはずの想《おも》い人が現れる〝陽炎《かげろう》の夏〟が」

第二章　夏のプールと水着と体育館

お前は〝偽者〟になるな。それが父親の口癖だった。

僕が小学校に入るころには家庭環境は冷え切っており、両親は日常会話どころか目線すら交わしていなかった。

母さんは放任主義で子供の意思を尊重する。父親は子供を自分の理想通りに教育しようとする。どうして結婚に至ったのか不思議な対極の二人だったけど、たぶん僕たちが生まれてから徐々に歯車が嚙《か》み合わなくなったんだろう。

不安定な状態だった夫婦関係に深い亀裂を生じさせたのは、五つ年上の兄さんが〝地元の中学でバスケをやりたい〟と申し出たこと。

前々から兄さんは勉学を疎《おろそ》かにし、友達と遊びに行っては父親と衝突していた。教育方針を巡って両親の口論も絶えなくなり、過干渉を嫌う兄さんも父親へ反抗するようになっていった。

「オレは親父《おやじ》の操り人形じゃねーんだよ。自分のやりたいことは自分で決める」

兄さんと父親は冷戦状態になり、親子の縁すら事実上は消滅していた。

そのせいで父親から僕への捻《ね》じ曲《ま》がった期待感が高まり、学校以外の不要な外出は制限され、母さんや兄さんと言葉を交わすだけで怒鳴られた。

あいつらはもう家族じゃないから、関わるなと。

母さんや兄さんは喋りかけてくれたけど、父親を恐れた僕は口を噤《つぐ》むことが多くなり、部屋に閉じこもっては勉強に没頭せざるを得なかった。

そうしていれば、リビングで家族が口論する怒声が遠のく気がしたから。

ある日、母さんと兄さんは家に戻って来なくなった。

別居する直前の母さんは、数滴の涙を溢《こぼ》しながら手を握ってくれた。

「夏梅《なつめ》、ごめん……。母親らしいことができなくて……本当にごめん……」

何度も謝り、玄関のドアを閉じる。

僕は連れて行ってもらえない。家庭を壊し、僕と母さんを引き離したのは自分勝手な兄さんだ……と父親に言われ続け、幼かった僕は子供心ながら憤った。

晴太郎《せいたろう》はもう息子じゃない。夏梅だけが本物だ。

そう父親に告げられた日から僕が〝本物〟になり、兄さんが〝偽者〟になった。

それから五年間……僕の人生は常に一人だった。

娯楽が一切排除された環境。柔肌《やわはだ》を小麦色に炙《あぶ》る真夏なのに、内向的な小学六年生は冷房の効いた部屋で机に向かう。

それが当たり前だと信じていた。自分の家庭だけじゃなく、他所《よそ》の家も同じような環境なんだと懸命に思い込もうとしていた。

同級生が遊ぶ約束をしていても、僕には声がかからないのは知っている。

「友達なんて作る必要はない。そんなヒマがあるなら勉強しなさい」

僕が誰かと交流を持とうとすれば、相手の家に赴いて保護者に執拗《しつよう》な苦言を呈す。

今後は息子と関わらせないでください、と。

林間学校も強制的に欠席させられ、クラスメイトが作ったパンフレットも捨てられた。

同級生にとって僕は面倒の種でしかなく、班を作って授業するときも僕は少し離れた位置にいた。

白濱《しらはま》夏梅は本物のはずなのに、何のために存在しているのだろう。


父親が不在の間に自宅の小銭をかき集め、家を抜け出したことがあった。

アイスを買う同年代の姿を羨ましく思い、魔が差したのだろう。

夕暮れの木更津《きさらづ》を徘徊《はいかい》してみると、初夏の小雨《こさめ》が肌を濡《ぬ》らして熱を冷ます。

小学六年生は想像もしていなかった。

いずれ好きになってしまうあの人に、出会うことになるなんて。

駅近くのコンビニで雨宿り。ジュースとアイスで迷い、店内をしばらく彷徨《さまよ》った結果、母親と食べた覚えのあるピノを摑《つか》んでレジへと持っていった。

代金を支払おうとするが……小銭を数えている途中で気づく。

かき集めた小銭では足りず、アイスは一つも買えないことに。

五年以上も食べていないアイス……瞬《まばた》きをすれば涙が零《こぼ》れそうなほど落胆し、冷凍ケースへアイスを戻した僕のとなりに見知らぬ誰かが並び立つ。

中学の制服を着ている女性。

容姿が大人びており、長い黒髪が艶やかに揺れていた。自分より身長も高く、日焼けした小麦色の肌が健康的で爽やかな制汗剤の香りが鼻を擽《くすぐ》る。

大人びた中学生は僕が戻したピノを手に取り、飲み物が陳列されたケースから缶ジュースも拾い上げ、そのままレジへ。

他人の僕は気に留めることもなく、コンビニの自動ドアが開いた先に一歩踏み出し、待ち受ける夜の街へ再び身を投じようとした瞬間——

「ねえ、そこの少年くん」

唐突に呼び止められる。

背後に立っていたのはさっきの女子中学生だった。

「はいこれ、ワタシからの差し入れ！」

右手に持っていたコンビニのビニール袋を差し出し、陽気に微笑《ほほえ》んでくれる。

「僕……お金をあまり持ってないです。なので……あの……」

「お金なんていらないって。お姉さんの奢《おご》り♪」

「は、はあ……」

コミュ力が著しく欠ける僕は戸惑い、会話も円滑に繋《つな》げられない。

目線も合わせられず、どうにか絞り出した声も不明瞭にくぐもってしまう。

女子中学生はビニール袋から自らの缶ジュースを抜き取り、もう一本のジュースとピノが残った袋の持ち手を僕の指に優しく握らせた。

「あっ……あり……」

お礼の言葉をぼそぼそと呟《つぶや》いても、煩《うるさ》い雨音に掻《か》き消された。濡れたアスファルトは車のライトを反射して妖しく輝き、灯《とも》りだした街灯は雨の影を控えめに照らす。

「うわぁ、めっちゃ雨降ってきたなぁ……」

中学生は嘆きながらもコンビニの傘立てに差していたビニール傘を引き抜き、開く。

「キミは傘、持ってきたの？」

僕は首を小さく振った。

「それじゃあ、キミのことを家まで送ってあげよう」

「い、いや……！　大丈夫……ですから……！」

「えー？　雨すごいよー？　遠慮しなくていいのに」

夜空へ向けて傘を掲げた中学生。地面を叩《たた》いていた雨が透明なビニールに遮られ、弾《はじ》けるような雨音に変化した。

傘を持つ中学生の右側は意図的に空けられている。僕はやや遠慮をしながらも彼女の右隣に並び立ち、一つの傘に収まった二人は足を交互に踏み出した。

改めて肩を並べてみると、身長差がそれなりに際立つ。小学校でも女子のほうが背は高いので、僕がまだまだ発展途上なんだろうけど。

「あ、あの……」

「ん？　なーに？」

歩いたまま話しかけるが、彼女と目が合うだけで緊張してしまう。

「どうして……その……アイスとジュースを……買ってくれたんですか……？」

「おやつを買えない小学生が目の前にいたら、先輩風を吹かせて奢りたくなっちゃった。お節介も大概にしろってたまに言われちゃうけどねー」

「あとで莫大《ばくだい》なお金を請求されたり……変な宗教に勧誘されたり……しませんか？」

「怪しい人に見えるー？　ワタシはフツーの中学一年生だけどなぁ」

「えっ……中学一年生……なんですか？」

「うん、そだよー」

あっさり肯定された。僕と一歳しか変わらない年齢という驚き。

「なんで微妙そうな反応するの？　そんなに老けて見える……？」

「い、いえ……！　なんというか……大人っぽかったので、三年生あたりかなって……」

「大人っぽい？　えへへー、マジで？　最近の小学生はお世辞が上手《うま》いなー」

褒められて気分が高揚したらしく、蕩《とろ》けた笑顔が眩《まぶ》しい。

「そういうキミは小学何年生？」

「六年生……です」

「えっ、ワタシと一学年しか変わらないの⁉　小三くらいかなーと思ったから無駄にお姉さんぶってたなぁ……恥ずかしいー」

頬《ほお》を紅潮させる彼女もまた違う魅力があった。

「遠慮せずに食べていいよ。それとも、お姉さんが食べさせてあげようか？」

「じ、自分で食べられますので……」

「小学生が遠慮なんかするなー。ほれほれー」

傘の持ち手を腕《うで》で挟み、両手を自由にした中学生は一口サイズのピノを付属の串に刺し、僕のほうへ差し出してくる。あーん、という誘い文句つきで。

お姉さんの奢りという雰囲気に酔い、断るという選択肢を消滅させられ、背伸びした僕は……目を瞑《つぶ》りながらアイスに噛《かぶ》りついた。

溶けていく。満《み》ち溢《あふ》れるチョコの甘さとバニラの風味により神経が蕩け、中学生のお姉さんに食べさせてもらった幸せの快感がじわりと押し寄せた。

「初対面の中学生に奢られたアイスの味、どうだった？」

「……すごく美味《おい》しいです」

「だよねー♪」

得意げに笑んだ中学生は再びピノを串に刺し、今度は自らの口内へ運ぶ。

「はあ……部活が終わったあとのピノはサイコーだなぁ」

串から唇が離れ、女子中学生は気持ちよさそうに息を吐く。

僕は誰とも遊んだことがないうえに、クラブ活動どころか休み時間に校庭で走り回ったこともなく、教科書が友達だから……純粋に羨ましい。

この人が過ごす充実の日常が目に浮かび、生まれて初めて〝羨み〟の感情が芽生えた。

「……あなたは……楽しそうで羨ましいです」

鬱屈な気持ちを口に出してしまい、心が沈む。

「キミは……楽しくないの？」

「……楽しいって何なのか知りません。普通に生きていれば楽しいんですかね……？　なら、僕は普通じゃない……」

最悪だ。この人に訴えかけたところで、意味はないのに。

女子中学生は暫《しばら》く黙り込んでしまい、絶えず降り注ぐ雨音が強調された。

「それじゃあ、ワタシと楽しい夏の思い出を作ろう」

「夏の思い出……？」

「うーん、そうだなあ。泳げるような海に連れて行ってあげよう」

沈黙を切り裂いたのは、予想外の提案。

「夏休み中にキミを連れて行ってあげる。部活はあるけどオフの日は結構あるからさ」

「ぼ、僕は……勉強があるので……無理です……」

「こっそりズル休みしちゃえば？　なんならワタシが勉強を手伝ってあげよう」

「えっ……ええ……？」

この人、冗談とは言い切れない目をしている。僕は戸惑いの感情こそ抱いたものの、密《ひそ》かに胸は高鳴り、体感温度は上昇し続けていた。

「初心《うぶ》な少年くんに……これからワタシがいろいろ教えてあげてもいいよ？」

雨露の音に混ぜた囁《ささや》きが耳を擽り、顔を上げざるを得ない。

「なーんてね。もう少し大人になってから出直してらっしゃい」

悪戯《いたずら》にからかわれ、ちょっぴり悔しかった。

「い、一歳しか年齢は変わらないじゃないですか……！」

「まずはワタシの身長を追い抜いてくれないと、大人とは認められないなぁ」

「……絶対に抜きますから、身長」

「おうおう。いっぱい牛乳飲んで頑張れよ、少年くーん」

肘で軽く肩を小突かれる。子供扱いされた僕はムキになっていたが、怒りとは異なる正体不明のもどかしさを抱いたのは今日を除いて記憶にない。

「まだ時間あるかな？　キミさえよければ、大人の階段……ちょっとだけ上ってみる？」

どくん。艶《なま》めかしいお誘いをもらい、心臓が跳ねる。僕は抗《あらが》えなかった。

「ここ閉店しちゃうかもって噂《うわさ》があるから、その前に思いっきり遊びたかったんだよね」

初対面のお姉さんと寄り道したのは、富士見《ふじみ》二丁目にあった複合型の娯楽施設。

「こういうところは……父さんに禁止されていて……」

「勉強とか家庭のルールも大切だけどさ、子供は遊んでなんぼでしょ！　今日だけでもいいから、ワタシと一緒に悪い子になっちゃおう？」

魅力的なお姉さんの誘い文句を拒めるわけがない。

廃業の噂があったビルで体験した初めてのボウリング、初めてのビリヤード、初めてのゲーセン、初めての卓球。

様々な人生初を年上の中学生に教えてもらい、心の底から初めて『楽しい』と思い、二人で子供っぽく遊びながら笑いあえたんだ。

遊んでいる最中もこの人は様々な話題を提供してくれる。

中学生活や部活の話題、最近流行《はや》っている話題、恋愛の話題……どれも興味深く、外部と遮断された籠の鳥な自分には新鮮すぎて、何時間でも聞いていられそうな気がした。

娯楽施設のビルで僕は、初恋の芽を植えつけられたのだ。

「僕の家……ここなので……」

幸せな時間は過ぎ去るのも一瞬。自分が閉じ込められている一軒家に到着してしまい、僕の心境は落胆しかなかった。わざと遠回りすればもっとお話しできたのに……とか、普段なら考えない悪知恵が思考を巡る。

この人にとっての日常が、僕にとっての非日常。

異世界に迷い込んだ少年の短い冒険が、もう終わってしまう。

「じゃあね、少年くん」

傘を差した女子中学生は振り返りざまに小さく手を振り、歩を進めていくごとに降雨の夜へ姿が隠れていく。

二度と会えないかもしれないと思うと、湧き上がる喪失感が涙になりそうだった。

「あの……待ってください！」

人生の中で最大の声量を張り上げ、少し離れた位置にいた彼女を呼び止める。

声変わりもしてない甲高い声が届き、振り返ってくれた。

「あなたの名前……教えてくれませんか」

僕は、純粋に欲す。

お姉さんぶったお節介な人の名前を。

「春瑠《はる》。ワタシは広瀬《ひろせ》春瑠です」

「広瀬……さん」

「うーん、なんか堅いなぁ。中学ではまだ後輩がいなくて寂しいから『春瑠先輩』って呼んでくれてもいいんだぞ？」

いきなり下の名前は馴《な》れ馴れしいかなと恐縮しつつも、試しに。

「春瑠……先輩……」

「うん、なんかいいね！　ワタシにも可愛《かわい》い後輩ができたかぁ！」

嬉《うれ》しさが声色にも表れているので、春瑠先輩と呼ぶことにしよう。

「キミの名前は？」

「夏梅……です」

「夏梅くんか。よし、覚えた！　これも何かの縁だし、また会えたらもっと遊ぼうね」

春瑠先輩はわざわざ僕のためにこちらへ戻り、小学生の身長を考慮した前屈《まえかが》みで頭を撫《な》でてくれた。持続し続ける高揚が収まらず、僕は——

「今日はありがとうございました……！」

ようやく言えた。ずっと秘めていた、お礼の言葉を。

「どういたしまして。いつでも先輩を頼ってくれたまえ」

先輩は美白な歯を惜しげなく晒《さら》しながら、頼りになる微笑《ほほえ》みを僕に返した。

「また……会えますか？」

「同じ街に住んでいるし、会えるんじゃないかなー。夏梅くんが家に閉じこもっていたら絶対に会えないけど、自分の意志で会いに来てくれたらワタシはいるから」

僕の頭から手を離した先輩は今度こそ暗闇に紛れ、開いた傘が遠ざかっていく。足音も水溜《みずたま》りに攫《さら》われ、すぐに雨音と一体化した。

先輩が去ってから数分経《た》っても顔面がじわりと火照り、深く吐いた息も蒸気みたいに熱い。撫でられた頭頂部を通じて伝わった柔らかい手の感触を思い出し、なおさら照れ臭くなって意味もなく感慨に浸ってしまう。

小学六年の夏休み。ああ、ついに知ってしまった。

授業では教えてくれない感情を。

これが僕の——たった一回きりしかない初恋だと。

＊＊＊＊＊

「……いつまで昔の思い出に浸ってるんだか」

起床と同時に甘々しい夢も覚め、十八歳の鬱屈した独り言が零《こぼ》れた。

カーテンの隙間より差し込む薄紫の射光は、静かに日の出を待つ夜明け空の色。いつもと変わりない平凡な日常の始まりを合図している。

やけに頭が働かず、鈍りきった身体《からだ》も重力が増したかのように怠《だる》い。

強制的に動き出す片思い……か。昨夜の海果《うみか》が発した信じがたい言葉が頭の中で延々と繰り返され、夢と現実の境目が曖昧になる。

渇いてしまった喉が気になって思考がまとまらず、布団から這《は》い出た。

「まーたこの人はソファで寝たな……」

リビングへ移動すると遺体が……いや、母さんがソファから落下しており、絨毯《じゅうたん》の上で寝息を立てている。床に転がる母さんを跨《また》いで移動するのも上手くなった。

あまりにも普段の日常。

ここから不可思議な現象が起きる未来なんて想像できないし、現状維持の関係が強制的に動き出す兆候は感じられないが。

春瑠先輩がご飯を作りにきてくれて、終電に間に合わなくなるまで遊び倒し、実家まで送り届けた一幕……僕が抱く楽しさを言い訳に感覚を麻痺《まひ》させてはいけない。

異常なのだ、この状況は。東京の大学生である春瑠先輩が夏休みを待たずに突如として帰省し、木更津へ滞在するのは違和感のほうが勝る。

悲観的に考えすぎだろうか。

五月病が治らずに地元が恋しくなっているだけかもしれないし、不慣れな都会生活によるホームシックもあり得るけれど。

「うぅ……頭痛ぃぃいい……喉が渇いたぁあああ……」

亡霊の呻《うめ》き声《ごえ》かと驚いたが、寝そべっていた母さんの寝起き声だった。どうやら僕の生活音で起きてしまったらしく、恒例の二日酔いで寝ぐせ頭を抱えている。

「……なつめ……お水をおくれー……」

僕がコップに汲《く》んできた水道水を具合が悪そうな顔で受け取る母さん。

「ちゃんと部屋のベッドで寝ろ。それと、たまには休肝日を設けることな」

「……ごめんね……ぐーたらな母親を許してくれー……」

母さんは「えへへ～」と口角を上げ、ちょっと嬉しそうな素振りを見せる。

「……晴太郎には笑って見逃されてたんだけど……夏梅には怒られて心配されちゃってる……兄弟でも……色々と違うところはあるか……」

「兄さんみたいな息子のほうが良かった……のかな」

「いーや……夏梅は夏梅だから可愛い……夏梅の人生は……夏梅にしか演じられないの」

僕の心情を見透かしたような台詞《せりふ》は躊躇《ためら》いなく言い放たれた。

「……そういえば……ラビット……まだ動いてるの……？　あれ……私の父ちゃんが若いころに乗って……私が高校への通学用に奪い取って……結婚後に実家の物置に眠らせていたら晴太郎に奪い取られたやつ……白濱家に受け継がれる……相当な年代物……」

「あのオンボロスクーターにそんな歴史があったなんて初めて知ったよ」

「……私が乗ってたときは……何度か壊れた……当時でも結構古い車種だったから……」

「毎日のように乗ってるけど、調子は悪くないって感じかな。何年か前に兄さんがメンテナンスしたり部品を交換したっぽいから長持ちしてるのかも」

「すごっ……さすがは私の元愛車……私のようにいつまでも若々しいのう……」

「定期的に手入れしないとボロボロになる、って意味では同じだよね」

「……ひーん……ひどい言われようじゃあ……泣けるんじゃあ……」

四十代の大人が泣き真似《まね》しながら絨毯をごろごろ転がるなよ。

「あのラビットが……晴太郎の分身として……見守ってくれているのかもね……」

「急に真面目なことを言うなよ」

「うふふ……たまには真面目な……マザーです……」

へらへらと突飛なことを抜かす母さんに呆《あき》れつつ、無下に否定するのは躊躇われた。

座敷の仏壇にある兄さんの小さな遺影は笑顔のまま、何も語ってはくれない。

「はあ……ねむっ……シジミのお味噌汁《みそしる》……飲みたい……」

早朝に起こされて思考が鈍いためか、母さんの言動から力が抜けていく。

放置するのも可哀《かわい》そうなので、インスタントの味噌汁をお椀《わん》へ準備しているところにスマホの通知音が鳴った。春瑠先輩のＳＮＳ更新を知らせてくれたのだ。

「ちょっと……母さんのシジミより……ＳＮＳが優先なの……？」

「ごめん、母さんのシジミより春瑠先輩のSNSのほうが興味あるから」

「うわ……キモっ……気持ちいいくらいに……純粋な息子やのう……」

この母親、キモいって言いかけなかった？　息子やぞ？

「ちょっとだけ、真面目なことを聞いていい？」

春瑠先輩がアップした写真をぼんやりと閲覧しながら、尋ねてみる。

「二日酔いだから……真面目なことは……あまり喋《しゃべ》れないけどー……」

眠そうに瞼《まぶた》を擦《こす》りながらも、母さんは耳を傾けてくれる。

「終わった初恋が忘れられない人を好きになったとしたら……どうすればいい？」

僕の問いかけを受けた母さんは適量の水を口に含み、喉を濡《ぬ》らして呼吸を整えた。

寝起きの酔っぱらいじゃなく、息子の相談に乗る母親の顔に切り変わったのだ。

「……失った人以上の大切な存在に……なってあげることね……」

「失った人以上の大切な存在になれなかったら……？」

「たぶん……新しい恋に進めない……ずっと……過去の面影に……縛られ続ける……」

失った人への渇望が現象を発生させるのなら、それ以上の大切な存在を見つけることで空白が満たされ、現象から解放されるという仮説は理に適《かな》っている。

心のどこかでは楽観視しているけど、海果が示唆した『永遠に失う』『最悪の結末』とやらが異物として心の片隅にこびりつき、消えてはくれない。

思い過ごしに越したことはないが、ＳＮＳの写真を凝視しているうちに……どこからともなくやって来る焦燥に駆られる。

濃い青の空に染められた早朝の海へ一直線に並び立つ無数の柱。ブルーアワーの海岸を渡る電柱群は不思議な世界観を醸し、空想の海を描いた絵画のよう。

「ちょっと出かけてくる！」

居ても立ってても居られなくなった。母さんの「えっ……シジミーっ……」という情けない声を聞き流し、部屋着のまま玄関を飛び出す。

荒くなった呼吸を整える僅かな時間も惜しみ、庭に停《と》めていたラビットへ乗った。


木更津駐屯地に沿った道を流し、二十分もかからずに着いたのは、深い青の夜明け前が映える江川《えがわ》海岸。

液晶画面越しでは伝わらない自然の音色や海の匂い、肉眼だからこそ実感できる幾重にも折り重なった青色と灰色の層は感慨深い。

その写真映えする世界には不釣り合いな変哲のない陸地。人間はここまでしか立ち入れず、申し訳程度のロープやブロックが幻想的な海への侵入を阻んでいる。

春瑠先輩と思われる後ろ姿は、そんな味気のない陸地に立っていた。

明らかに立ち止まっているのに……このまま海へ吸い込まれていくんじゃないか、引き摺《ず》り込まれるんじゃないかという錯覚が脳裏を過《よぎ》る。

春瑠先輩が五歩ほど足を踏み出せば――簡単に入水《じゅすい》できてしまう。

そんな位置に好きな人のシルエットは佇《たたず》んでいた。

手の届かないところに、遠ざかってしまう。

永遠に、失ってしまう。

だから僕は駆け出し――懸命に手を伸ばした。

「春瑠……先輩……!!」

無我夢中で背後から駆け寄り、春瑠先輩の腕を引き寄せるように握ると、彼女は振り向きざまに瞳を大きく見開いていた。

「晴太郎……先輩……？」

放心状態の春瑠先輩はここにいない人の名を、消え入りそうな声で呼ぶ。

「な、夏梅くんか！　びっくりさせないでよぉ、もう！」

我に返った先輩の声音は驚きのあまり上ずっていたけど、普段見せてくれるありふれた表情と大差なくて、僕は肺の二酸化炭素を余すことなく吐き出す。

「夏梅くん、おはよう」

「……おはようございます」

朝の挨拶と共に微笑んでくれた春瑠先輩に見惚《みと》れ、摑《つか》んでいた腕をあっさり放した。

「こんな朝っぱらに何をしてるんですか……？」

「ジョギングがてらＳＮＳ用の写真を撮ってるんだぞ。早起きで友達と差をつけるのだ」

　ふふん、と得意げに胸を張る春瑠先輩。

　海上に電柱が並ぶ風景が写真映えするため、海や空がより美しく際立つブルーアワーの時間帯には絶好の撮影スポットとなっている。

「春瑠先輩も今どきの女子大生だったんですね」

「失礼だなぁ。どこからどう見ても今どきの女子大生じゃん」

「ダメンズの世話を焼くしか趣味がないと思ってました」

「そりゃあ世話を焼きたくなるよ。ダメンズ後輩くんのお姉さんだからね」

「先輩ではあるけどお姉さんではないでしょ」

「生意気言うようになったなぁ。昔はワタシのお尻を追いかけてばかりだったくせに～」

「あー、聞こえないっす」

「春瑠お姉さーんって言いながら、駄々《だだ》っ子《こ》みたいに甘えることもあってさぁ」

「僕の負けでいいんで！　黒歴史はもう忘れてください……」

「いやでーす。昔の可愛《かわい》かった夏梅くんは忘れてあげませーん」

　眉をひそめた先輩も僕の中ではどんなに芸術的な写真より映える。

　照れ臭さが勝って先輩の顔を写真に収められないから、密《ひそ》かに記憶へと焼きつけるのが精いっぱいなんだけど。

「夏梅くんこそ、どうしてワタシが今ここにいるってわかったの？」

「江川海岸か久津間《くづま》海岸の二択で迷いましたが、久津間海岸のほうは潮干狩りシーズン以外は立ち入り禁止なので」

「それはそうだけど、ワタシは何も連絡してないはずだけどなー？」

ちょっと意地悪な口調で試してくるので、後輩はタジタジになってしまうな！

「変な時間に起きちゃったんで二度寝しようと思ってたら、春瑠先輩がＳＮＳを更新してたので……ここにいるのかなって」

「ふーん、ワタシのＳＮＳを見てくれてたんだ。ふーん、夏梅くんがねえ」

うっかり口を滑らせてしまい、春瑠先輩がニヤニヤと嘲笑《あざわら》ってくる。

先輩のＳＮＳをこっそりと閲覧するという僕の趣味がバレてしまった……。

「それでセンパイに会いたくなっちゃった？　ワタシが何してるか気になっちゃった？」

興味本位な追及が止まらねぇ。夜明け前でも可愛いな、くそ。

「先輩と遊びたいので、今日はこのまま学校を休んでもいいですか？」

「センパイをサボりの口実に使うなー。そんなに不良な男の子だったっけか？」

「春瑠先輩が見張ってくれないからですよ。どうして卒業しちゃったんですか」

「そんなこと言われても困るんだけど。留年すればよかったってことー？」

むくれる春瑠先輩を朝一番に堪能させてもらった。

日の出時刻が迫るにつれ、空や海面が次第に青白く生まれ変わっていき、その神秘さを逃すまいとお互いにスマホのシャッターを切りまくる。

「春瑠先輩は兄さんとここに来てましたよね。今日みたいな夜明け前、写真を撮りに」

僕にとっては妬ましい記憶でしかない。

兄さんはラビットのケツに春瑠先輩を乗せて、先輩が行きたいところや写真を撮りたいところに連れて行ってあげていた。

歯痒《はがゆ》さを感じながら見送っていた自分を思い返すたび、感情に苦みが生じる。

「晴太郎先輩もね、ワタシの写真を気に入ってくれてたんだよ。アップするたびにコメントをくれて、写真の場所に行こうって誘ってくれたりして」

「ほんとに……僕なんかとは全然違いますよね……」

コソコソと写真を見て、先輩の後を追っかけて来るようなやつとは大違いだ。

顔のパーツや声質が似ていても、僕が兄さんの代わりになんてなれないのはわかり切っているのに、春瑠先輩が持つ過去の面影に劣っている自分が不甲斐《ふがい》なくて、惨め。

自虐の心境を吐息に混ぜる僕の頭に、春瑠先輩はそっと手を置いた。

「夏梅くんはお世話したくなる後輩でいいんじゃないかな。懐いてくれて慕ってくれるキミがいたから、ワタシは人生に絶望しなかったんだよ」

「こんな僕でも……先輩の人生に必要ですか？」

「ワタシがしっかりしないとダメだな～って心配させてくれる不器用な後輩くんがいたから、初恋の人を失った悲しみから立ち直れた。かけがえのない恩人だよ、キミは」

涙が零《こぼ》れそうになったのを誤魔化《ごまか》すため、僕はゆっくりと俯《うつむ》く。

兄さんの代役を演じ、春瑠先輩が救われたのだとしたら、それだけで——何者にもなれない人生にも役割があったんだと自己肯定できる。

「でも、キミは自らの大切な時間を費やしてしまった。ワタシはキミの生きかたを変えてしまったの。ワタシにできる償いがあるなら、教えてほしいな……」

「あのときの春瑠先輩を一人にするなんて、僕にはできなかっただけです」

「優しいんだね、夏梅くんは。ありがとう……」

お姉さんぶって頭を撫《な》でてくれる。

年齢は一つしか変わらないのに、僕のほうが一回り年下みたいな絵面だった。

「春瑠先輩が世話を焼いてくれるのは、僕への償い……なんですか？」

「元気がなさそうな夏梅くんを心配しているだけさ。過保護なのかなぁとは思うけど、できる限りの手助けができたらなって」

腑抜《ふぬ》けた後輩を元気づけるために初めてのバイト代をゲームに使って……一緒に楽しんでくれた。色褪《いろあ》せた日常に煌《きら》びやかな光をくれた。

兄さんの代役を演じていられるだけだとしても、光栄すぎる贅沢《ぜいたく》だ。

「あの海中電柱、老朽化して危ないから八月には撤去されちゃうらしいよ」

「えっ……？　そうなんですか……」

「もう二度と見られない景色だからさ、写真で残しておかないとなーって思ったんだ」

春瑠先輩が兄さんと一緒に来ていたころの風景がもうじき失われてしまう。

漠然と抱く喪失感が、この人をこの場所へ導いたのかもしれない。

「さて、綺麗《きれい》に写真も撮れたし次のスポットに行こうかなー」

最高の写真を撮って満足したのか、踵《きびす》を返した春瑠先輩は駐車場に停めていた僕のバイクへ歩み寄り、ヘルメットをかぶりながら後部席に跨《またが》る。

「ジョギング中じゃないんですかー？」

「キミが来たらジョギングがツーリングになるんだよーっ！」

したり顔で調子のいいことを言ってくれる。こっちに来いと言わんばかりに運転席のシートをノックする仕草も僕の恋心をいちいち擽《くすぐ》るから困ってしまう。

どこへでも、どこまでも、あなたとなら行ける気がした。

くだらないお喋《しゃべ》りをしながら目的地のない旅をしたい――とラブコメの神様に願った。

夜明けの光が、そっと瞳に触れる。物悲しい寒色だった空にはオレンジのグラデーションによる朝焼けが光り輝き、反射した海も暖色に様変わり。

思考の片隅に燻《くすぶ》る杞憂《きゆう》はくしゃくしゃに丸め、清閑な大海原に投げ捨ててしまおう。

春瑠先輩は変わっていない。

普段通り、片思いの鼓動をしきりに昂《たかぶ》らせてくれる人だ。

二人乗りのバイクは排気ガスの匂いを残し、木更津駅方面への進路をとる。

今度はすぐに到着しないよう、アクセルを少しだけ緩めた。

「もしよかったら、次の場所にも連れて行ってくれると嬉《うれ》しいなーっ！」

走行音に負けじと声を張り上げた春瑠先輩が、喜ばしい誘いをくれる。

「学校に遅刻しちゃいそうなんですけどー？」

「午前くらいはサボっちゃえ！」

「まあ……春瑠先輩がそう言うなら仕方ないですよね！」

「あれー？　ちょっと嬉しそうじゃない？　不良な大学生に誘われてテンションが上がっちゃったかなー？」

「嬉しくないっす。これがフツーっす」

「うそだぁ。春瑠お姉さんとサボり逃避行ができて嬉しいんだぁ。素直じゃないんだぁ」

「あーもう、うるさいな！」

背中をつんつんと悪戯《いたずら》に突いてくる先輩、めっちゃ可愛いな……はあ。

心がリズミカルに躍り、サボりの誘惑をなんなく受け入れざるを得ない。

「……それで、どこに向かえばいいんですか？」

「いつかのキミと行ったことがある……市民プール！」

＊＊＊＊＊

この流れは予想外だった。

お互いの実家に立ち寄り、必要な持ち物を準備してから再集合した午前十時……水着姿の僕が棒立ちしているのは海浜公園のプールサイド。

遥《はる》か頭上で燃え滾《たぎ》る太陽の射光を吸収したコンクリートは足裏を炙《あぶ》り、鉄板で焼かれる食材の気持ちを体験できそうだ。

フェンスに囲まれた海浜公園プールの敷地は全体的に色褪せ、設備はお世辞にも優れているとは言えず赤錆《あかさび》や老朽化が目立つ。

しかも、普通の二十五メートルと幼児用プールしかない。

小学生のころに一度だけ訪れたときの光景が蘇《よみがえ》り、当時の懐かしさと甘酸っぱさが脳内に満《み》ち溢《あふ》れてきたとき……

「ごめーん！　日焼け止めを塗るのに時間かかっちゃってさーっ！」

フレッシュな声の方向へ振り返る。

平凡すぎる質素な市民プールに——水着の天使が降臨したのだ。

純白の瑞々《みずみず》しい肌に添えられたビキニは健康的でもあり、色気と艶っぽさも感じさせる絶妙なバランス。この人が部活を引退して久しいのに、現役時と変わらない引き締まったボディラインが美しい。

すらりと高い身長、お尻や太ももの筋肉も……健全な高校生には刺激が強すぎる。

順調に育ち続けたな、この人。

胸の豊かな膨らみを筆頭に発育が著しい春瑠先輩の立ち姿は、僕が小学生時代に見たスクール水着姿の面影を凌駕《りょうが》していたのだ。

「夏梅くん」

「はい？」

そのまま近寄ってきた先輩が、おもむろに顔を前に突き出してくる。

フレグランスの香りを感じ、興奮のスイッチが入った僕の心拍音が煩《うるさ》く奏でられた。

「えっち」

そう呟《つぶや》かれ、僕の口からは熱が籠った吐息が漏れてしまう。

「先輩の身体《からだ》を舐《な》め回《まわ》すように見るのはやめましょう」

「冤罪《えんざい》です。僕は見ていません」

「男子のえっちな視線なんて女子にはお見通しだからね？　覚えておくように」

ジトッとした視線を強め、あからさまに威圧を放つ春瑠先輩。

思春期男子の卑猥《ひわい》な思考が筒抜け……正直、めちゃくちゃ恥ずかしい。

「ふふっ……最初にキミをここへ連れてきたときも同じような会話をしなかった？」

春瑠先輩が思い出し笑いを浮かべた。

「……そういえば、そんな気がします。小学生のころから成長してないですね」

「ふーん、昔から夏梅くんは水着の女の子が大好きだったんだー。そんな後輩に育てた覚えはないのに……春瑠お姉さんは悲しいよ、まったく」

「いや、誰でもいいわけじゃないです！　春瑠先輩の水着姿だから興奮しただけで！」

「こらっ！　何を言っているのかなキミは！　そんな目でワタシを見られると困るっていうか……！　あー、えっちな後輩くんだなぁーもう！」

「春瑠先輩の水着姿が魅力的なのは事実ですもん。それにスク水時代よりもめっちゃ育ってるのが悪いです！」

「す、好きで育ったわけじゃないから！　スク水時代って言いかたも生々しい！」

「誤解しないでほしいんですけどスク水時代が嫌いってわけじゃないですよ!?　スク水の春瑠先輩も見たいっすもん！」

「誰も誤解してないってば！　あと、大学生にもなってスク水なんて絶対着ないからね！」

開き直りの熱弁が止まらない後輩と、赤面して恥ずかしがる先輩の不毛なやり取り。

　幼児用プールで遊んでいた子供たちに「仲良し夫婦だぁ〜」と指をさされ、我に返った僕たちは冷静の仮面を取り繕う。

「後輩くん、ワタシは買ったばかりの水着を披露しに来たわけではないんだよ」

「水着じゃなくて水着姿を披露しに来たんですよね」

「違うから。えっちなのも程々にしよう？」

「はい」

「泳ぎに来たんだよ、わかる？」

「はい、泳ぎに来ました」

「わかっているならいいけどね。それでは水泳前の準備体操〜はじめ！」

　お互いに音楽なしでラジオ体操のような動きをやり始めた。

　せっせと身体を伸ばしたり折り曲げたりする春瑠先輩を、邪《よこしま》な気持ちでチラ見してしまう浅ましい野郎を許してくれ。好きな人が美肌の大部分を晒《さら》しているのだから、男子としては過剰なほどに意識しまくってしまうのよ。

「変態くん」

「あっ……後輩くんって呼んでください……」

　冷たい目で叱られたため、邪なチラ見を中断した。

「それにしても、どうして突然……」

「ここに誘ったのかって？」

僕の質問内容が読めたらしく、先輩は屈伸しながら先の言葉を被《かぶ》せてくる。

「このプール、今年の夏で閉鎖しちゃうんだってさ。だから最後に遊んでおきたくて」

「そうだったんですか……」

「そういうこと。もう一度、キミと来られてよかったー」

僕はプールに来る機会がほとんどなかったけど、先輩と遊んだ風景が失われるのは一抹の寂しさを覚えた。江川海岸のときの先輩も似たような心境だったのだろう。

準備体操を済ませた先輩はゆっくりと腰を落とし、プールの水面へ美麗な右足を伸ばしながら水と下半身を同化させていく。

僕も見よう見まね。ほのかな恐怖心により竦《すく》んだ足をどうにか踏み出し、プールサイドから水面へ降りる。飛沫《しぶき》が起きないほど控えめに下半身を水に沈めた。

「さあ、先輩後輩の対決をしようじゃないか」

泳ぐ気満々の春瑠先輩だが、僕の表情は曇っていることだろう。

「春瑠先輩」

「んー？」

「僕、泳げないんですけど」

「あっ、そういえばそうだった！　キミが小学生のときも同じことを言ってたなー」

思い出したかのように苦笑いする春瑠先輩。

「水泳の授業はほとんど見学だったんだよね？」

「小学生のときは家庭の方針で……子供のころに泳ぎの練習をしなかったから、水泳は今でも苦手です。水自体があまり得意じゃないっていうか、まだ少し怖いんですよ」

水泳に対してトラウマがあるわけではないが、自分の人生には不要だと決めつけていた事情もあり、僕にとっては未知の領域に近かった。

「それじゃあ、泳げるようになろう」

「はい？」

「せっかくの機会だし、ワタシが教えてあげるから、ねっ？」

「ええ……？」

ねっ？　って言われてもなぁ……。

聖母の微笑《ほほえ》みを繰り出した春瑠先輩が両手を差し伸べてきたため、僕の気持ちが揺れ動く。小学生ならともかく僕はもう高校三年生だぞ。一歳年上の大学生に手取り足取り教えてもらうわけには……わけには！　十八歳としてのメンツが！　プライドが！

「さすがに子ども扱いしすぎたかな？　練習くらいは一人でできるかー」

「えっ!?　あの！　その……僕は……！」

両手を下ろした春瑠先輩に対し、僕の口惜しさが膨張していく。

　大人ぶりたい建前を本音が上書きしていき、ついに抑えきれなくなった。

「……まったくの素人なので一人ではできません」

「それじゃあ、面倒見のいい春瑠お姉さんと一緒に練習する？」

「春瑠先輩がそこまで言うのなら仕方ないなぁ～春瑠先輩が教えたいなら～」

「教えるのやーめた」

「いやいやウソです。春瑠先輩の手を貸してください、お願いします」

「素直でよろしい。それでこそ可愛《かわい》い後輩くんだ」

　両手を再び差し出してきた春瑠先輩が眩《まぶ》しい。

　さすがに恥じらう僕は瞳を伏せつつも……ぎこちなく両手を握り返した。

「もう怖くない？」

「……怖くなくなりました」

「そっか、よかった！」

　アホみたいに単純だ、僕は。

　春瑠先輩が側《そば》にいれば、水に入ることへの苦手意識も一時的に忘れられる。

　濡《ぬ》れた肌と体温が伝わり、柔らかい感触が心地よい。合法的に春瑠先輩の手と触れ合えるだけでも最高級のご褒美イベントに思えて仕方がなかったのだ。

「ワタシの手にしっかり摑《つか》まっててね。そのまま……バタ足！」

下半身を浮かせた僕は水面と平行になり、両足を交互に上下させて水面を激しく叩《たた》く。

学校をサボった高校生が市民プールでバタ足の練習……どういう状況なんでしょう。

小学生相手のような先輩の対応で童心に返り、憧れのお姉さんからバタ足を教えられているる自分の姿……もし同級生や冬莉《とうり》にでも知られたら恥晒しってレベルじゃないな。

背徳感があるのに……拒めない！　圧倒的な癒《いや》しに逆らえない！

「手はずっと握ってるから怖くないよー。ゆっくり、ゆっくりでいいからねー」

「こう……ですか？」

「そうそう、すごいすごい！　うまいねえ～夏梅くんは！」

春瑠先輩は幼児をあやすように語り掛けてくる。

僕だけの癒しボイスを耳が拾うたびに胸がときめいてしまい、だらしない表情を曝《さら》け出しそうになってしまう。

「夏梅くーん、ちゃんとアドバイスを聞いてる？」

「聞いてます」

「ほんとかなー？　さっきから変な顔してない？」

「泳ぐのに必死な顔です」

助言というよりは癒しの音声として聞いています。

僕は優しく手を引かれ、不格好なバタ足で地道に前進していったのだが、目の前に春瑠先輩の胸元があるため興奮が止まらない。

幸せすぎるがゆえの心臓発作で死にそうだ。死因が幸せって最高なのでは？

プールサイドの子供たちに「あのおにいちゃん、おとななのにこどもみたいでカッコわるーい」と嘲笑《あざわら》われたけども、この夢心地な瞬間を味わい尽くしてやるぜ。

彼氏彼女というよりは姉と弟。

春瑠先輩にとっては弟の面倒を見るのと大差ないとしても、僕のほうは意識しっぱなしなので高揚感が脳内に充満する。

容姿、声、仕草……そのどれもが青少年の感性を執拗《しつよう》に擽《くすぐ》り、昂《たかぶ》り続ける胸の鼓動がちっとも静まってはくれず、プールの水温程度では火照りを冷却できなかった。

「さっきから顔赤いよ？　ひょっとして恥ずかしい？」

「……もう高三なので、この状況はめっちゃ恥ずかしいです」

「出会ったころは小さい弟みたいだったのに、いつの間にか外面を気にする生意気な大人になっちゃってさあ。今だけは小学生に戻ったつもりになってもいいんだよー？」

「おねショタの関係になれってことですか……!?」

「いや違うけど。変なこと考えてるっぽいから今の発言は取り消すね」

「春瑠先輩が期待させたくせに」

「期待させてませんー。いやらしい勘違いをしたキミが悪いんですー」

くだらない内輪ネタを交えながら手を引かれ、プールをゆったり泳ぐ……この蕩《とろ》けるような至福の時間が永遠に続いてくれたらいいのに。

「ほんとに……いつまでも世話の焼ける後輩くんだ」

今みたいに苦笑されつつ、何歳になっても世話を焼かれていたい。

ずっと手を繋《つな》いだまま、こうして目の前に春瑠先輩がいてくれるだけで——

僕にとっては過去の夏を大幅に更新し、今年が最高の夏になるから。


マンツーマンで一時間半ほど練習し、真昼の時間帯が近づいてきたころ、

「それでは夏梅くん、今日の成果を披露してください」

五メートルほど離れた春瑠先輩は右手を上げ、『ここまで泳いでこい』という雰囲気を醸し出す。二十五メートルではなく、十メートルでもなく……たったの五メートル。

春瑠先輩が僕を甘やかしている証拠だし、二人きりだから容赦なく甘えられる。

「もし春瑠先輩のところまで泳げたら、何かご褒美をください」

「えー？　変なこと考えてないー？」

「めっちゃ真面目っす。僕という人間は、ご褒美があると頑張れるんですよ」

「うむ、それは一理あるかもしれないねえ」

あっ、優しい。ご褒美を真剣に考えてくれているっぽい。

「いいよ。それでキミが頑張れるなら」

「春瑠先輩ってホントにお人好《ひとよ》しですよね」

「誰にでもお人好しなわけじゃないよ？　可愛い後輩くんのお願いだから」

いちいち僕の恋心をきゅんとさせてくれる人だ。

「それでは……いきます！」

水に顔をつけた僕は両手を突き上げ、プールの底をキック。力任せに両足をバタつかせながら、どうにか泳いで前に進もうと試みた。

ゴーグルなしの濁った視界と、両足が水面を波立たせる煩《うるさ》い水音。

視覚と聴覚がほぼ遮られた状態でもわかる。

スタート時に比べ、ほとんど現在地が変わっていない。原因は単純。無駄に力が入り、不格好なフォームになっているから。

一メートルほどしか進んでいないと理解しながらも、ご褒美が欲しい僕は必死に足を上下に動かし続けた。

………

……あれ？　進行方向に伸ばしていた両手が何かに包まれ、温《ぬく》もりを感じる。

誰かが、目の前にいる。

「夏梅くん、お疲れさま」

泳ぐのをやめて思わず顔を上げると、ゴール地点の春瑠先輩が迎え入れてくれていた。

「僕……五メートルも進んでない気がするんですけど」

「でも、ちゃんとワタシのところまで泳げたでしょ？」

「それはまあ、そうですけど」

腑《ふ》に落ちないというか、不思議な感覚だった。

視界がぼやけていた状態でも前に進んでいるかどうかくらいはわかる。

僕はほとんど泳げていない……となれば、先輩がこちらに寄ってきたということ。

「後輩を甘やかしすぎると……もっとダメな人間になっちゃいますよ」

「ワタシ、夏梅くんを甘やかすのが趣味かもしれない」

「嬉《うれ》しいけど……趣味悪いです」

「えー？　いつまでも優しいお姉さんのままでいさせてよー」

そこらへんの砂糖菓子よりも甘ったるい感情を教えてくれる。

僕を甘やかしてくれるから、もっとダメになっていく。

その感覚が大変心地よい。いつまでも浸っていたい。

「よく頑張ったね。さすがは自慢の後輩くんだ」

そして、トドメの一撃と言わんばかりに頭を撫《な》でてくれる。

不意打ちに弱い僕は一気に頰《ほお》が熱くなり、見開いた瞳の向きが定まってくれない。

後輩殺しだ。こんな先輩、誰でも惚《ほ》れてしまうでしょ。

「帰りにコンビニでアイス奢《おご》ってあげるね。それがご褒美！」

「いや……それだけじゃ足りないです」

「えー？　夏梅くんは何がお望みなのかな？」

「もう一度……僕の頭を撫でてください」

僕は欲張りだから、さっきの快感をもう一度味わいたい。

きょとんとした春瑠先輩だったが、僕の頭頂部に手を添えてくれた。

「ワタシの可愛い後輩くん、よく頑張りました」

わしわしと撫で回してくれるたび、快感が痺《しび》れとなって全身を駆け巡った。

手を伸ばせば容易に届く距離にあなたがいる。

優しげな瞳に僕の姿を映してくれる。

僕は広瀬春瑠という人に惚れ直し、火照りきった恋心を吐息に混ぜてしまうのだ。


プールのあとに立ち寄ったコンビニでピノを奢ってもらい、二人で三個ずつ食べた。

春瑠先輩が「昔みたいに、あーんしてあげようか？」と問いかけてきたため、先輩が串に刺したアイスへ口を開きかけたものの……さすがに僕も小学生ではない。

冷静さをどうにか保ち！　断腸の思いで！　あーんを断る！

冷たそうにピノを頬張る春瑠先輩の横顔ばかり見ていたから、アイスの味なんてどうでもよかった。

＊＊＊＊＊

ああ、あのまま一日中……先輩と遊んでいたかったのに。

優等生ぶった先輩に「出席日数も大切だから午後からは登校しようね」と言われてしまい、昼休み中の教室へちゃんと登校したのだ。

……ふと、窓の外へ意識が向く。

遠目からでも見覚えのある女生徒が一階の渡り廊下を足早に歩いていた。

少しだけ、迷う。

足先が重い感覚は無意識な敬遠の表れかもしれない。

しかし、一人ぼっちで歩くあいつの後ろ姿に意思が捻《ね》じ曲《ま》げられてしまう。

追いかけたい。そんな衝動が破裂した。二階から一階までの階段を駆け降り、昇降口を上履きのまま素通り。

食後の運動と自分に言い聞かせ、先ほどあいつが通ったばかりのルートをなぞる。想像以上に筋肉が軋《きし》み、体力が著しく衰えたせいか息が切れる。

やがて出迎えてくれたのは、足音さえも響き渡る第二体育館。

多数の窓より差し込む太陽光で日焼けした床板、複雑に交差する競技用のライン、左右に備え付けられたバスケゴール……どれもが見慣れていた。

そして、磁石が引き合うように先客と目が合う。

「……夏梅センパイ？」

体育館の壇上近くにどっしりと置かれた漆黒のグランドピアノ。その前にある伴奏者用の椅子にちょこんと腰掛け、開いた文庫本を両手で支える制服姿の冬莉がいた。

お互いの間にバツが悪い空気感が滞留する。

別に用事があるわけでもないのに、無駄に息を切らした帰宅部の男が来訪したのだ。

冬莉も状況が把握できないと思う。

「相変わらず……昼休みはピアノの前で本を読んでるんだな」

不気味な静寂を嫌い、僕から何気ない雑談を振ってみる。

「……放っておいてください。校舎から遠い第二体育館は静かな空間なので、一人で本を読むには申し分ないんです」

「ごめん、邪魔して」

「……ほんとです。何もしていないセンパイなんて邪魔なだけですよ」

物静かに囁《ささや》いた冬莉は俯《うつむ》くように視線を落とし、手元の文庫本をまた捲《めく》り始めた。

「……しないんですか？」

突っ立っていた僕に対してなのか、読みかけの本に栞《しおり》を挟んだ冬莉が小声で呟《つぶや》く。

「……シュート練習、しないんですか？」

いったん文庫本を膝の上に置き、試すように問いかけてくる冬莉は足元に転がっていたバスケットボールを拾い上げ、遠慮気味に差し出してくる。

「受験生がシュート練習しても頭は良くならないと思うんだけど」

「……私にとってセンパイが昼休みに自主練しているのは当たり前でしたから」

「いつのころの当たり前だよ……」

「……センパイがバスケ部をやめた一年前くらいまでの当たり前、ですかね」

「もう自主練をする必要がないからな」

「……でも、今日はここに来たんですね？」

お前の姿が見えたから、とは言《い》い辛《づら》い。

教室で友達と駄弁《だべ》るより、冬莉に見守られつつボールと遊ぶほうが身に馴染《なじ》む……などと、思っていても口走ることは躊躇《ためら》われた。

「……ちょっと太ったんじゃないですか？　たまには運動してください」

「えっ？　そんなに太った？」

「……一年前よりは筋肉が減った気がします。顔もだらしなくて引き締まっていない……

あっ、それは元々の素材がアレでした」

やかましいなあ！　と心の中でツッコんだ。

「……どうぞ」

冬莉が両手で押し出したボール。

僕は衝撃を吸収するように受け取り、一回、二回、三回。ボールを床に叩《たた》きつけ跳ね返ってきたところを何度もまた叩きつける。

数えるのも馬鹿らしい軽快なドリブル音が、二人しか存在しない体育館に大きく反響した。ボールの軌道を目視で確認しなくても、間接視野で把握できる。瞳はゴールに向けられているのに、ボールは右手や左手に吸いついてくる。

一時的に戻っているのだ。

冬莉がマネージャーとして見守ってくれていた過去の華々しい感覚が。

ボールをドリブルしながら傍らに引き連れ、歩を踏み出す。薄汚れた上履きの靴底が床板に擦《こす》れるたび、きゅ、きゅっという青春の靴音が奏でられた。

再び本を読み始めた冬莉はページを捲る手が鈍くなり、心なしか耳を澄ましているようにも思える。

足元に近づくスリーポイントライン。その内側には入らない。

ドリブルしていたボールに両手を添え、目線のやや上に掲げ、つま先が浮いた一秒未満の時間、伸び上がった全身を発射台にして——打つ。

　脳内が想像した軌道と同じ。

　緩やかなバックスピンが効いたボールが理想的な弧を描き、ゴールを綺麗《きれい》に通り抜け、そよ風のようにネットを揺らすまでのイメージが再現された瞬間だった。

「……夏梅センパイのスリーポイントは美しいですね」

「褒めてくれるのは嬉しいけど、ずっと本を読んでなかった？」

「……わざわざ見なくても音を聴けばわかります。ドリブルの音、靴が擦れる音、シュートを打つとき少しだけ宙に浮く音、ボールがネットを通り抜ける音。夏梅センパイの音は耳に馴染んでいますから」

　この台詞《せりふ》は冗談に聞こえない。ドリブルからシュートまでの音が深く馴染むほど、冬莉が毎日のように近くにいた時期もあったのだから。

「バスケの音、うるさくない？」

「……バスケしているのが赤の他人だったら、気になって立ち去っているでしょうね」

　冬莉は一呼吸を挟み、僕のことを見据えた。

「——でも、センパイの音を聴きながら過ごす時間は嫌いじゃないです」

　お互いに視線を交差させたまま押し黙ってしまう。それぞれの気恥ずかしさが次の言葉を遮り、黙るという行為でしか対応できないのかもしれない。

「……ほら、サボらないでください。シュートが一本決まったくらいで満足ですか？」

「マネージャーみたいなことを言うのな」

「不思議なことを言いますね。現役の女子マネージャーですよ」

ほくそ笑む冬莉。

転がるボールを拾い上げ、当然のように包まれる静寂。そしてまた、静まりを破る合図のドリブル。それが延々と繰り返されるだけの昼休みが緩やかに過ぎ去っていく。

湿度が高いためか、体育館はやや蒸し暑い。あまり蒸発しない汗が制服のワイシャツを上半身に纏《まと》わりつかせる。

だが、不快じゃない。苛立《いらだ》ちはしない。前髪をしっとりと濡《ぬ》らす汗は体温を下げるためだけの役割ではなく、充実と青春の成分が溶け込んでいる。

僕自身……カッコいい姿を冬莉に見せたくて、愛想のない声援が欲しくて愚直に流し続けた見栄《みえ》っ張《ぱ》りの汗なのだ。

「……はあ、センパイは世話が焼けますね」

冬莉は呆《あき》れたような溜《た》め息《いき》を吐《つ》き、予《あらかじ》め持参していたハンドタオルを差し出してくる。

「これ、お前が部活で使うやつだろ？　僕が使ってもいいのか？」

「……それは予備のタオルです。汗フェチじゃないので洗って返してください」

「はいはい」

　厚意に甘え、タオルを受け取る。アニメキャラのデザインは真面目な冬莉には似合わないものの、柔軟剤の芳香は思考の火照りを収め、心身を落ち着かせてくれた。

「……センパイ、匂いを嗅ぐのはやめてください」

「冬莉……めっちゃ良い匂いするのな。果物みたいな甘い香りというか」

「……バカなんですか？　私の匂いじゃなくてタオルの香りですけど」

「中学のころに行った冬莉の部屋もこんな匂いだったような？」

「……私の部屋の匂いを覚えている無駄な記憶力が気持ち悪いです！」

　ほんの出来心でからかってみたら頬を赤らめた冬莉に叱られてしまい、詰め寄ってきた彼女にタオルを掻《か》っ攫《さら》われてしまう。

「……女子の部屋に入った経験が乏しいセンパイにとっては貴重な思い出なんでしょうね。おじさんになっても『僕、後輩女子の部屋で遊んだことあるから』という唯一の栄光を何度も語り続けるモテない姿が想像できます」

「泣いてもいいか？」

「……後輩の女子に泣かされたっていう不名誉な称号が欲しければ、どうぞ」

「いらねえ。泣かないもん」

「……残念です。後輩女子の匂いが大好きっていう称号だけになりました」

「冬莉がめっちゃ良い匂いなのは事実だし」

「……ばか。いい加減にしてください」

からかってくるのは冬莉なのに、なぜか恥ずかしそうにそっぽを向かれてしまう。

攻撃力は高いくせに防御力が弱い後輩だから、余計に可愛《かわい》がりたくなるんだよ。

「……あと五分で昼休みが終わってしまいますね」

冬莉がそう呟くように、体育館の壁掛け時計はもうじき昼休みが終わる時刻を指していた。用具室にボールを片づけた僕だったが、若干の名残惜しさを感じる。

「冬莉」

「……なんですか？」

「もしよかったら、お前の音も……久しぶりに聴かせてほしい」

やや躊躇《ちゅうちょ》しかけたものの、雰囲気に後押しされて厚かましいお願いをしてみた。

意味を悟ったらしい冬莉は押し黙るも、ピアノの前にあった椅子へ再び腰を下ろす。

「……そんなに聴きたいですか？」

「聴きたい」

「……そんなにそんなに聴きたいですか？」

「そんなにそんなに聴きたい」

「……お断りです」

「えっ⁉　聴かせてくれるような流れだったのに！」

「……意表を突かれたセンパイの顔はおもしろいですね。それが見たいんです」

「趣味わる」

年上の僕をからかうように焦《じ》らしてくるのも冬莉らしい。

心なしか唇の両端が上向きになり、やや肩の力を抜いた冬莉は……ピアノの鍵盤蓋を静かに開け、白と黒が綺麗に揃《そろ》う鍵盤に細い指を添える。

「今日は少しだけ気分がいいので特別ですよ――」

お互いに無言となった体育館。手元へ視線を落とした冬莉が深呼吸した音も拾えるほど静まり返った空間に、音色が咲く。

鍵盤に指先が引き込まれ、緩やかに踊り始める。音数が多い右手の指を器用に操り、メロディを生み出す。冒頭は囁くように弱く、徐々に音が強く跳ねる。

二つの手が鍵盤を叩くたび、それ以外の雑音が消失したような感覚。

僕の意識が冬莉の音色に支配され、没入した聴覚が魅了される。

視覚さえも釘《くぎ》づけにされ、ピアノを弾き続ける冬莉から目を離せない。

僕も知っている曲名――夏の日の贈りもの。

これだ。音楽の海に沈み込んだ冬莉の指が紡ぎ出す旋律は。

右手の躍動感を支える左手の指。メロディの高音域を包み込むようなベースラインを整え、一つの曲として融合させていく。

いや、指だけじゃない。

冬莉の右足も同時に動く。ダンパーペダルを踏み、離す。そして踏む。

それにより軽やかに伸びた音が弾いていない弦の共鳴をも促し、広がった奥行きを付与してくる。

巧みに強弱をつけた右手が上下に激しく揺れ、盛り上がりは最高潮へ。覆い尽くす懐古に胸が鷲掴《わしづか》みにされ、痺《しび》れにも似た震えが止まらない。

茹《う》だるような暑さから解放され、爽やかな風の錯覚が全身を吹き抜けていく。

中学のころによく聴かせてもらった。身体《からだ》が勝手に疼《うず》きだす。合唱の歌声が脳内で再生され、僕も男子パートを歌い出しそうになってしまう。

冬莉のピアノが、僕にとっては身近だった。

僕のバスケが、冬莉にとっての身近だった。

いつからだろう。

お互いの音を手放し、身近だった日常が変わっていってしまったのは。

最後の音を鳴らした中指が鍵盤から離れ、次第に音が消えていく。

やがてピアノの音は聴こえなくなり、冬莉はゆっくりと鍵盤の蓋を閉じた。

「中学の合唱コンクールを思い出したよ。僕も課題曲として歌ったし、あのころと同じ綺麗な音色だったから……思わず聴き入ってしまった」

「……初心者向けの簡単な曲ですから、少し練習すれば小学生でも弾けますけど」

「いや、冬莉のピアノだからもっと好きなんだよな。この曲のことが」

「……あのころは楽しかったです。夏梅センパイがピアノを聴いてくれて……今みたいに褒めてくれて。もう……そんな日常は戻らないんですけど」

沈んだ面持ちの冬莉がそう呟《つぶや》き、昼休みの終了を知らせる予鈴が鳴った。

「その気になれば戻るだろ、今日みたいにさ」

「……今日は特別なので。もうピアノは弾きません」

そっと立ち上がった冬莉は僕の横を通り過ぎ、自分の教室へ帰ろうとするが……すぐに立ち止まった。

「誰だ！　勝手にピアノを弾いてるやつは！」

体育館の正面出入り口に教師が立ち塞がっていたからだ。どうやら体育館のピアノは使用の申請が必要らしく、予期せぬ音色が聴こえたため様子を見に来たのだろう。

規則に厳しそうな教師なので説教は免れない、と僕は覚悟したが——

「……センパイ、逃げましょう」

僕の手を握り、微《かす》かに囁《ささや》いた冬莉は……一目散に逃げだす。

まさかの行動で呆気《あっけ》にとられたものの、僕も抵抗せずに走り出した。

教師の制止などお構いなし。上履きのまま体育館の裏口から飛び出した僕たちは全速力で教師を振り切り、体育館へ置き去りにしてやる。

後輩に手を引かれながら渡り廊下を走り抜ける一連の流れは僕の中で斬新だった。

「……こういう不良っぽいのも、たまになら悪くないですね」

「ああ……たまになら、な」

「もし先生が怒りにきたらセンパイが説教されてくれよ」

「おかしいだろ。お前が説教されてください」

「……そのときは一緒に説教されましょう」

「それしかないよな」

「あの、冬莉」

横目を流れていく光景は非日常のように映り、いつもより煌《きら》びやかに輝いていたんだ。

「……なんですか？」

「手、いつまで握ったままでいればいい？」

冬莉もようやく気づいたようで、ほのかに顔を紅潮させながら手を振《ふ》り解《ほど》く。

校舎に駆け込んだ僕らは息を切らしつつ、反射的に少しだけ距離を置いた。

手が届きそうで届かない。

むず痒《がゆ》いような居心地のまま二人は各々の教室のほうへ別れようとしたが、

「……夏梅センパイ」

名前を呼ばれ、冬莉のほうへ踵《きびす》を返した。

下手投げで何かを放り投げた冬莉を確認し、反射的に右手を伸ばす。手のひらに握られた缶はひんやりと冷たく、清々《すがすが》しい水分が五指に浸透した。

「……運動のあとは水分補給をしてください。今は昼休みだけのマネージャーより」

さらっとしぼったオレンジ。

試合に勝利したあとはこれを飲むのが最高だったんだよ。

「……ああ、ありがとな！」

「……明日もピアノ前で本を読んでいますので——」

それ以上の台詞《せりふ》を、冬莉は紡がなかった。

「夏の体育館、暑くない？」

「……夏梅センパイが体育館を走っていた夏のほうが……熱かったですよ」

「お前が鍵盤の前に座っていた夏も……なかなか熱かった気がするぞ」

「……いつの間にか冷めきった大人になったんです。私も、夏梅センパイも」

「今日みたいな日が……昔はいっぱいあったんだけどな」

忘れかけていた疲労と満足感、久しぶりに過ごす冬莉との昼休み。戸惑いながらも拒絶しなかった充実感を胸に秘め、軽い足取りで教室に戻った。

第三章　大っ嫌いだ

『――あっ、夏梅《なつめ》くーん？　起きた？　まごころ広場に集合！』

スマホの着信音で叩《たた》き起《お》こされる。

寝ぼけ眼のまま通話ボタンに触れてしまい、ついつい「はい……今行きます……」と返事して電話を切ってしまった。

「ふあぁあ……まだ朝の七時じゃん……」

大あくび。しぶとく残る眠気が瞼《まぶた》を閉じさせようとするものの、電話の主は朝っぱらから陽気な春瑠《はる》先輩だったので、どうにか布団から這《は》い出る。

面倒な予感がするなあ……と思いつつ制服に着替え、すぐに家を出た。

まごころ広場はつい最近も訪れたが、朝七時半の駐車場には後輩マネージャーのママチャリも停《と》まっている。

「おーい、夏梅くーん！　ちょっと遅いぞーっ！」

駐車場で待ち構えていた春瑠先輩にさっそく発見され、手招きされてしまう。

「んっ？　どうしたの？　後輩くんはまだオネムですか？」

「春瑠先輩が何か企《たくら》んでいそうなので警戒してます」

「い、いやぁ？　何も企んでないケドね？」

春瑠先輩のくりっとした眼球が右往左往している。嘘《うそ》が下手くそか。

だいたい、この人の服装がTシャツとハーフパンツの時点で思惑が読めるんだよ。

背後に回り込んだ春瑠先輩に背中を押され、バスケコートへ誘導される。

「おーっす！　冬莉《とうり》ちゃん、連れてきたよーっ！」

春瑠先輩が名前を呼ぶと同時に振り返ったのは、制服姿の冬莉だった。

「……夏梅センパイ、おはようございます」

一方の冬莉は表情一つ変えずに会釈。クールに朝の挨拶をしてくれる。

「……で、これはどういう狙いなんですか？」

となりに立っていた春瑠先輩を横目に、呆《あき》れを含んだ声色で問いかけてみる。

「大学生になって身体が鈍《なま》ってるからバスケしたいな〜と。三人で朝練しようぜ！」

……だと思った。よし、帰ろう。

踵を返した途端に肩を摑まれ、先輩に呆気なく捕まってしまった。

「遠慮せずにゆっくりしていきたまえ、後輩くうん」

純白の歯を見せて笑んだ春瑠先輩は念入りに屈伸したり腕や足を伸ばしたりと、怪我《けが》しないよう身体を解《ほぐ》し始める。

「アシスタントの夏梅くん、写真を撮っておいて！　爽やかにバスケしてるところ！」

そのままスマホを僕に手渡し、意気揚々とコートに入っていった。

いいだろう。春瑠先輩を魅力的に写す情熱に関しては右に出る者はいないはずだが、雑念が邪魔をしてきた。

ここだ……！　ベストショット！

バスケしているところを撮れと言われたのに、先輩がヘアゴムで後ろ髪をまとめ、動きやすいポニテにしているシーンを激写してしまう。真夏の太陽よりも眩《まぶ》しいな……。

「夏梅くーん？　変な写真は撮らなくていいからね？」

シャッター音が響いたので速攻バレる。

カメラ越しの先輩にじっとりとした眼差《まなざ》しを送られたが……国宝級の一枚をどうやって僕のスマホに移動させようかという煩悩を張り巡らせた。

不敵に笑む春瑠先輩がドリブルを始め、朝の陽射《ひざ》しが観客代わりのウォーミングアップが幕を開けた。対峙《たいじ》する相手などいないのに、先輩の動きや目線は重心を低く構えた相手がいるかのような錯覚を与えてくる。

まるで白熱した１ｏｎ１の対決。僕は違和感を覚えながらも被写体の春瑠先輩をスマホのレンズで追い、静止画として写し取っていく。

「……春瑠センパイのお尻ばかり撮るのはやめてください」

「撮ってないよね！」

サイドラインの外に並び立つ冬莉がイジってきた。

僕は大声で潔白を主張したが、冬莉も口元を押さえながら慎《つつ》ましく笑っている。

「……春瑠センパイとの１ｏｎ１をやらないんですか？」

「昨日のシュート練で筋肉痛だ。それでなくとも運動不足でまともに動ける気がしない」

我ながら、情けないことを言う。

「それに、今の春瑠先輩はめちゃくちゃ楽しそうだから……邪魔したくない」

縦横無尽に駆けながらボールを操る先輩の滴る汗と爽快な笑顔。

シャッターを切る手が止まる。見惚《みと》れてしまっていたからだ。今の先輩は僕なんかが気軽に声をかけられないくらい、自らの世界に入り込んでいる。

おかしい。言葉では言い表せない不自然な感覚が蔓延《はびこ》るも、その正体が摑《つか》めない。

今、あなたは誰とバスケを楽しんでいるのだろうか。

その恋するような眼差しの先には、何が見えているのだろうか。

春瑠先輩の瞳に映る景色には――

「……んぱい……せんぱい……夏梅センパイ！」

となりにいた冬莉に呼びかけられていたらしい。

「……もしかして、春瑠センパイに見惚れてたんですか？」

「可愛《かわい》すぎて見惚れてたな……いでっ」

容赦のない後輩に脇腹を肘で軽く小突かれる。

「……夏梅センパイは本当に春瑠センパイが大好きなんですね」

「告白する勇気もないくせに……諦めだけは悪いからな」

「……センパイらしいです。大好きになってしまったら、簡単に諦められないですよ」

困ったような微笑《ほほえ》みを垣間見《かいまみ》せる冬莉に、親近感が湧くのはなぜだろう。

僕たちは性格こそ違うけど、どこか似ているのかもしれない。

「……夏梅センパイの選択を責める人なんていません」

数秒の環境音を会話の潤滑油として挟み、冬莉が呟《つぶや》く。

「一年前の春瑠センパイは一人にしていい状態じゃなかった。バスケ部をやめて春瑠センパイに寄り添うことを選択したあなたを尊敬します」

「僕は……間違ってなかったかな」

「目の前で春瑠センパイが笑っているのが、その証拠じゃないですか」

冬莉の視線が春瑠先輩を見据えた。

レイアップを決めて「やった！」と子供っぽく歓喜する春瑠先輩が今ここにいる。

この瞬間を激写しようと急いだせいでタップするところを間違えてしまい、春瑠先輩の写真フォルダを開いてしまった。

プライベートを覗《のぞ》き見るような罪悪感があり、すぐにカメラへ戻そうとしたが……最近の写真が表示されたサムネイルに目を奪われる。

ほぼ木更津《きさらづ》の写真。先輩が帰省した一週間前から始まり、つい最近の江川《えがわ》海岸を撮った風景まで毎日、毎日、毎日——春瑠先輩は思い出の地を巡っては撮っていたのだ。

「ちょっとー！　夏梅くん、ちゃんと撮ってるー？」

少し遠くにいた春瑠先輩の透き通る声で我に返る。即座に写真フォルダを閉じ、アシスタントくんの撮影業務へ戻った。

「……今の夏梅センパイは……正直言うと好きじゃありません」

「どうして……？」

「……だらだらと中途半端な偽者を演じ続けているので」

冬莉の言葉が核心を抉《えぐ》り、心臓に太い杭《くい》が打ち込まれた感覚に陥る。

「……白濱《しらはま》夏梅では愛されないから、白濱晴太郎《せいたろう》の代役に甘んじているんですか？」

何も答えられない。脳が回答を拒絶し、ただ押し黙るしかなかった。

「……本当に不器用な人ですね、センパイは」

たぶん、怖がっているんだ。

春瑠先輩にとって不要な人間になってしまう瞬間を。

もはや用済みな人間になってしまったことを自覚したくない一心で。

「とっくに立ち直った春瑠センパイには、もう代役なんて必要ないのに……夏梅センパイは哀れなバカです」

冬莉の声音は穏やか。悲観的な僕を包み込むように諭す。

「——けれど、覚えておいてください。白濱夏梅という人を必要として、好きでいてくれる物好きな人もどこかにいるってことを」

心の靄《もや》が晴れていく……冬莉の言葉は僕にとって暖かい陽射しになっていく。

「あっ！　ワタシが見てないところで夏梅くんが冬莉ちゃんを口説いてる！」

「いやいや、口説いてないですから！」

からかう春瑠先輩に詰め寄られ、僕はたじたじの苦笑いで応対するしかできない。

「……夏梅センパイが囁《ささや》く愛の言葉は情熱的でした」

「やるじゃん、夏梅くーん。ワタシはお邪魔だったかなぁ？」

冬莉も悪ノリに加担されると僕が困るんだよ。

「……春瑠センパイ、お疲れさまです。これ使ってください」

「ありがとっ！　さすが現役マネージャーっ！」

ハンドタオルを冬莉が手渡す。さほど暑くはない時間帯とはいえ全力で動き回った先輩は息が荒く、額や首筋には大粒の汗が光っていた。

用意周到な冬莉は専用ボトルに水やスポーツドリンクまで準備しており、春瑠先輩に渡す姿は現役のマネージャーの貫禄《かんろく》だった。

「ねえねえ、夏梅くんも……やる？」

濡《ぬ》れた前髪が艶やかな春瑠先輩に謎の誘い文句をもらい、生唾を飲み込む。

「ワタシと１ｏｎ１♪」

「やりません」

「えーっ？　なんでー？」

１ｏｎ１の誘いを食い気味で即断ると、春瑠先輩がブーイングをかましてきた。

「まあ、少しくらいならやってもいいですよ？」

すぐに気が変わる。

年頃の青少年なので、好きな人の前だとかっこつけたくなるのだ。

ゴールの逆サイドへ歩み寄った僕はボールを拾い上げ、前傾姿勢で対峙する春瑠先輩と視線を交錯させながらドリブルを開始した。

経過する時間をも忘れ、一年ぶりに与えられた気まぐれな青春に身を委ねてしまえ。

「……夏梅センパイ、そろそろ撤収しないと遅刻しますよ」

「えっ、もうそんな時間か……!?」

冬莉の一言を受け、プレイを中断した僕はスマホで時刻を確認する。

始業まで残り十分少々という状況では、自転車でも遅刻を回避するのは難しい。

「冬莉、もう少し早く教えてくれよー」

「……すみません、お二人が楽しそうにバスケしていたから……声をかけ辛《づら》くて」

変なところで気を遣う後輩である。

「……夏梅センパイはどうするんですか？」

「体調不良と筋肉痛で欠席しようかな……」

「……ズル休みは許しません。一緒に連れて行きますよ」

だったら『どうするんですか』なんて聞くなよう。

「仕方がない。バイクで行くか……」

「……ウチの高校、バイク通学禁止ですから」

校則を順守する後輩の指摘はごもっともだ。

「……制服なのでこのまま登校できるんですけど、自転車では間違いなく遅刻です」

「僕は少しくらい遅刻しても気にしないけど、冬莉は？」

「……皆勤賞なので困りますね。夏梅センパイのせいで途切れるのは残念ですよ」

なぜか僕のせいにされるが、ここに呼び出したのは春瑠先輩と冬莉なんだよなあ。

「それじゃあ、夏梅くんがバイクで冬莉ちゃんを学校まで送ってあげたら？　ワタシは冬莉ちゃんの自転車を借りて実家に戻るから」

「……でも、見つかったら先生に怒られるんじゃ……」

「真面目っ子だなあ、冬莉ちゃんは。バイクを置いても学校にバレない秘密の場所を教えてあげよう」

校則違反のために渋っていた冬莉だったが、春瑠先輩の後押しのせいか提案を受け入れたように頷《うなず》く。

「……皆勤賞のために仕方なくセンパイの後ろに乗ってあげましょう」

「遅刻しそうなやつがずいぶんと偉そうだな」

「……誰のせいだと思ってるんですか」

「春瑠先輩と結託した冬莉が朝練に呼び出したせいだろ？」

「……調子に乗った夏梅センパイがデレデレと遊びすぎたからですよ？」

「遊んではいたけどデレデレはしてねーよ」

「……してました」

突きつけられたスマホ画面には、春瑠先輩とバスケをしている僕の姿が写っていた。

「ちゃっかり撮るなよ。恥ずかしいから消せ」

「……センパイの記録を残すのもマネージャーの仕事なので」

冬莉のスマホを掠《かす》め取《と》ろうとしたが引っ込められ、断固として抵抗された。

この後輩、意外と頑固で譲らない一面もあるのが微笑ましい。

「はいはい、仲良し仲良し。兄妹《きょうだい》げんかはそこまでにしなさい。ホントに遅刻するよ？」

見かねた春瑠先輩が仲裁に入り、僕たちは「誰が兄妹ですか！」と同時にツッコんだ。

「冬莉ちゃんが面倒を見れば後輩くんは大丈夫だな〜と思ったから、ワタシは安心して木更津を離れたのだよ。この調子なら心配ないみたいだねー」

「……私ではダメなんです。夏梅センパイは……救いようのないバカなので」

冬莉はぽつりと呟き、バツが悪そうに目を伏せた。

「ワタシはちょっと散歩していく。高校生たちはさっさと学校に行きたまえ」

上機嫌の先輩にそう言われ、高校生組は荷物をまとめてバスケコートから退散。小さく手を振りながら見送ってくれる先輩を残し、ラビットを停《と》めた駐車場へ移動した。

遠目から眺める春瑠先輩は一人きり——

散歩する気配などなく、ただ周囲を見渡しながら立ち尽くしているだけだった。

まるで誰かを待っているかのように。


「……お兄さんのお下がり……まだ乗っていたんですね」

「わざわざ新しいのを買う金がないだけだって」

セルに触れると小刻みな振動と共にラビットのエンジンが唸《うな》る。冬莉もヘルメットを頭に載せ、遠慮がちながらも後部座席をちょこんと跨《また》いだ。

「……そのほうがお兄さんに似ると思ってるから、じゃないんですか？　春瑠センパイの前で良いカッコばかりしようとして……本当にどうしようもない人ですね、あなたは」

ハンドルを握ったところで背中越しの冬莉が語り掛けてきた。拗《こじ》らせ男の心中を見透かす後輩は辛辣な言葉を凶器に変え、無防備な背中を滅多《めった》刺しにしてくる。

「……苦しそうに偽者を演じているセンパイを見ていると……苛々《いらいら》します」

「見苦しい先輩でごめん。これから先も……苛々させてしまうと思う」

「……告白しなければフラれもしないので……片思いは終わりませんからね。勝ちもしなければ負けもしない。ずっと、恋をしていられる」

「僕の心を完全に読むのはやめてくれ」

「……心なんて読まなくても、痛いくらいにわかりますから」

顕著に声量が下がっていく冬莉の表情は窺《うかが》えない。不甲斐《ふがい》ない先輩への文句を言い終えると口を噤《つぐ》み、僕の腰にそっと手を回してきた。

発進して、という無言の意思表示なのだろう。緩やかに発進したラビットは海浜公園手前の交差点へ合流し、富士見《ふじみ》通りの方角へ右折する。

「……センパイが運転するバイクの後ろに一度は乗ってみたかったんです」

「ほう、実際に乗ってみた感想は？」

「……思ったよりも乗り心地は良いですね」

「そりゃどうも」

「……後輩に褒められて嬉《うれ》しいですか？　嬉しいならそう言ってください」

「お前に褒められるのは嫌いじゃないよ。正直、めっちゃ嬉しい」

「……素直なセンパイも気持ち悪いですね」

「お前に褒められてもまったく嬉しくないな」

「……それはそれで腹立ちますね。私が褒めたら嬉しがってください」

「どっちだよ」

夏の高温とは異なった人肌の熱。走行中に振り落とされないよう、冬莉が腕に力を込めるたびに僕の背中とも密着していく。

「……センパイ！」

前後に並ぶ二人の熱が混ざり合ったとき、背後から耳元に声を吹きかけてくる冬莉。

「……私は応援なんかしません！　さっさと告ってフラれてください！」

そして、風切り音を上書きするような大声で叫ばれる。

「さっさと告って、もし両想《りょうおも》いになったらどうするんだよ！」

「……それはないです！　夏梅センパイのことを好きになってくれる人なんて相当な変わり者だけですから！」

朝の射光が眩《まばゆ》い海が横目を流れる木更津港線の左車線上。

お互いに自分の意思を届けたいから、うるさい走行音に負けじと大声を放ち続ける。

「……もし両想いになっても惚気《のろけ》は聞いてあげません！　予想通りフラれたら愚痴でもなんでも聞いてあげます！　センパイが早く次の恋へ進めるように！」

「今さら知ったけど、冬莉は先輩想いの良い後輩だったんだな！」

「……今さら知ったんですか？　先輩想いの良い後輩だったんですよ！」

そっと寄り添ってきた冬莉。

暖かい向かい風を気持ちよさそうに迎え入れ、片思いの終わりを願われた。


通学路外の抜け道を駆使し、春瑠先輩に教えてもらった広瀬《ひろせ》家の畑にラビットを置く。

チャイムが鳴る前に校内へ駆け込んだ僕と冬莉は昇降口で上履きに履き替え、どうにか遅刻は回避できた。

「……夏梅センパイは気づいてましたか？」

各々の教室へと向かう階段の途中、神妙な面持ちの冬莉が足を止める。

「……一週間前に木更津へ戻ってきてから、ずっと『何かを探している』みたいに町を散策してるみたいなんですよ。春瑠センパイのＳＮＳが地元の風景写真だけで更新され続けるのも初めてのことなので……」

「ＳＮＳの更新は気づいてたけど、大学生になったし多少の変化はあるだろ。久しぶりに帰ってきたから懐かしんでいるだけ……とか」

「……もちろん杞憂《きゆう》だったら良いんですが。今日の朝練でも夏梅センパイが来る直前まで海のほうへなぜか歩み寄ったり、誰かが横を通り過ぎたみたいに振り返ったり……」

一つだけ、思い当たる僅かな可能性があった。

しかし、現実離れした突飛な話を僕自身も未《いま》だに受け入れられていない。

「……さっきの春瑠センパイは、誰の面影とバスケをしていたんでしょうか」

すぐには答えられない。

１ｏｎ１で僕と対峙《たいじ》する直前までの先輩は、僕に撮影を任せて一人でのウォーミングアップをしていた……はずだ。

しかし、漠然とした違和感を思い返す。彼女の眼差《まなざ》しは常に誰かを追い求め、好奇心に溢《あふ》れた瞳は『ここにはいない誰か』を映しているかのようで。

「……現状維持の片思いを動かす幸運のイルカの話。高校生にもなって信じるのもバカバカしいですが、噂《うわさ》されている不思議な季節の一つに興味深いものがあるんです――」

冬莉が紡ぐであろう言葉。

鼓膜が拾いあげるのを待たずして、僕は言葉の先を知っている。

「……いなくなった大切な人が現れる夏です」

海果《うみか》の台詞《せりふ》が脳裏を過《よぎ》った。

自称、幸運のイルカ。生意気な近所の中学生にしか見えないあいつが、冬莉と同じようなことを言い残していたのだ。

両者の困惑による沈黙は予鈴によって強制的に遮断される。

「……所詮は子供騙《だま》しの噂ですし、精神的な不調による幻覚や幻聴が誇張されているだけかもしれません。もし類似した症例が過去にあるなら、センパイのお母さんのほうが詳しいと思いますよ」

こちらに背を向けた冬莉は、そそくさと二年の教室へ。

騒がしかった校内が次第に静まり返っていき、僕も三年の教室へ急いだ。

＊＊＊＊＊

その日の放課後。

広瀬家の畑に隠していたラビットに乗り、十分足らずで五階建てのビルに着く。

二階の窓には『木更津駅前クリニック』という文字が大きく書かれ、一階には薬局が入っている。

階段で二階へ。ソファが規則正しく並ぶ待合室には片手で数えられる程度の通院者が座り、診療や会計の順番を静かに待っている。

カウンターの前で受付の職員に用件を伝えると「白濱先生は屋上で休憩してますね」と笑顔で言われ、いちおう許可を頂き、飾り気のない階段を上った。

五階の屋上。

関係者以外立ち入り禁止の貼り紙を気にも留めずにドアを開けると、フェンスに囲まれたコンクリートの床が足元に敷かれていた。

たかが五階とはいえ、高い建造物が少ない地方の景観。

木更津に覆《おお》い被《かぶ》さる曇り空と駅周辺の地味な街並みが一望できた。

「ここは……患者さん……立ち入り禁止ですよ……」

シミ一つない白衣を羽織った女性が気怠《けだる》そうに忠告を発し、身体《からだ》の重心をフェンスへ預けている。コーヒーが注がれたマグカップを指先で摘《つ》まみ、まさしく医者の休憩中といった様子で。

「サボってる飲んだくれのヤブ医者を叱りに来た者です」

「サボってない……休憩のお時間なのです……ホワイトな職場……」

ぼそぼそと答弁する眠そうな瞳の女医。

「それで……ウチの息子が職場に何の用……？　頭を良くする治療なんて……いくら天才の母さんでもできない……」

「母さんがアルコール依存症の治療をするほうが先でしょ」

「うう……反抗期だからか素直じゃない……。そういうところまで……晴太郎に似なくてもいいのに……」

下手な泣き真似《まね》をかます女医は紛れもなくウチの母さん。これでもきちんとしたクリニックに雇われている精神科医の端くれだ。

「うふふ……愛《いと》しいママの帰りが待ちきれなくて……会いに来ちゃったの……？　それとも……美人なママの白衣姿を拝みに来たとか……？　夏梅はマザコンだ……」

守りたくない調子に乗ったウザい顔。

「ひょっとして酔っぱらってる？　まさか勤務中に酒とか飲んでないよな？」

「えっ……？　これが素面《しらふ》なんですがー……？」

「それが素面だと恥さらしだから酔っぱらっていてくれよ」

「どっち!?」

素面でこれとか呆《あき》れを通り越す。

「母さんに聞きたいことがあるんだ。今日はそのために来た」

アイドリングトークもそこそこに、浮ついた空気を真剣な声音で引き締める。

「なんだか……真面目な話っぽい……家に帰ってからじゃダメなのかしら……？」

「母さんは家に帰った瞬間にべろべろだし、そのままソファに寝るでしょ。職場じゃないとまともな話ができそうにないからさ」

「さすが息子……私のこと……よくわかっていらっしゃる……」

まるで反省の素振りは見られないが、とりあえずは納得したらしい。

「陽炎《かげろう》と共に死んだ人の幻が見えることってあるのかな」

いざ、抽象的な話を切り出す。

並の感覚なら怪奇現象などの話題を連想しそうなものだが、母さんは眠そうだった瞼《まぶた》を大きめに開き、常に緩んでいた頰《ほお》も心なしか強張《こわば》る。

ふざけた笑顔が一時的に冷たく塗り替わった。

これは母親ではなく、精神科医・白濱小雨《こさめ》としての顔だと——あらためて知る。

「その話……どこで聞いたの……？」

「近所の中学生とか後輩から聞いた噂話だよ。最近の春瑠先輩の様子が少し気になったというか、噂話と似たような言動があったから……」

正確にはずいぶん前に誰かから聞いた話だが、はっきりとは覚えていない。

海果や冬莉の名前を出したところで母さんとは面識がないだろうけど、なんとなく名前を伏せてしまった。もし深刻な事案だったら……と本能が警戒し、出どころを曖昧にしてしまったのかもしれない。

「わざわざ……私に聞くってことは……心霊の類だとは思ってないんでしょ……？」

「精神の不安定が引き起こす精神疾患みたいな結論かな、と思ってる。母さんなら同じような症例の患者さんを診察したかもしれないと思ったんだ」

ただの思い過ごしとして早く安堵《あんど》したい。

そんな意識が自分の行動を司《つかさど》り、母さんのもとへ赴くに至ったのだろう。

「……午前中も一人だけ……似たような現象を話す患者さんが……診察に来た……」

「もしかして、春瑠先輩……？」

「……守秘義務……内緒です……」

口を噤《つぐ》む母さん。いちおう、医者としての常識は弁《わきま》えているらしい。

「死んだ人の幻が見えると訴えた患者さんは……ここ数年でも僅か数人くらい……」

母さんは深く息を吐き、そう断言する。

「……今日来た患者さんの話を聞いた限りでも……周囲の風景が陽炎のように揺らいだときに大切な人の幻が現れて……すぐに美しく消えるのが特徴……。私たちみたいな専門家でさえ……不確かなことが多いのが現状なの……」

「それは何ていう病気なの？」

「現時点では正式な病名なんてない……全国的にも症例の報告は少ないうえに……精神疾患との区別も難しい……未知の部分が多すぎる……」

「僕も詳しくないけど、現状維持で行き場を失った想いは『七つの季節』が訪れる条件って……近所の中学生が言ってたんだ」

「ずいぶんと……物知りな中学生ね……」

「ただのオカルト好きなんだよ。僕も素直に信じてはいないけど、その中の一つが〝陽炎の夏〟っていう現象らしい。幸運のイルカの噂話もそこから派生したものだと思う」

言葉を濁した。僕と春瑠先輩にしか見えない謎の中学生、なんて言っても、精神科の受診を勧められるだけだろう。海果のほうから絡んでくる機会はあっても、あいつは所在不明。僕のほうから接触する術《すべ》はないのが今は歯痒《はがゆ》かった。

「今日来た患者さんを含めて……数少ない共通点は……恋人や家族、好きな人……心から大切だった相手を……唐突に亡くしていること……。夏梅の言う〝陽炎の夏〟とやらが発生するトリガーの可能性は……否定できない……」

物静かに耳を傾ける僕へ向けて、腕組みをした母さんは言葉を続けようとしていた。

そのときの僕は〝陽炎の夏〟というものを甘く捉え、考え方によっては幻想的でドラマチックかもしれないなどと楽観視していたが――

「兆候としては……大切な人との思い入れのある場所を追い求めて……無意識に引き寄せられてしまう。そんな衝動に駆られて身体を突き動かされるのは……ほとんどの患者が体感している……みたい……」

悪い予感が悪寒となって背筋を駆け巡った。

あの人の姿が思い当たり、最近の言動を母さんの推測に重ねてしまう。

「……次第に陽炎と現実の区別ができなくなるらしいの……渇望が満たされたと勘違いして……『現れた幻は生きている人間』と本気で思い込み……最後は……」

「そうなると……最後はどうなってしまうんだよ……？　季節の終わりは……母さんの患者はどうなったんだ⁉」

衝動的に声を荒らげてしまった僕に対し、母さんは戸惑いの表情を返すしかない。

脆《もろ》い心が焦燥に搦《から》め捕《と》られ、想定される結末を激しく欲した。

「好きだった人の幻が見えていたらしい患者は……思い出の場所で……写真を撮っていた……誰も写っていないのに……誰かがいるかのような景色を……」

ポケットに入れていたスマホが震える。咄嗟《とっさ》に握ったスマホは絶えず揺れていたが、震えているのは僕の腕だった。

待ち受け画面に表示されていたのは、春瑠先輩がSNSを更新した通知。

震えが収まらない指先を動かし、先輩のアカウントへ飛んだ。

【あの人がいたような気がしたんだけどな】

そんな一文に添えられた写真の場所に見覚えがありすぎる。

鳥居崎《とりいざき》海浜公園と中の島を結ぶ赤い歩道橋の上だった。

写ってない。そこには誰も。

あなたの初恋相手なんて写ってないんだよ。

好きな人のSNS更新。いつもなら嬉《うれ》しいはずなのに、胸が躍るのに、心臓がきりきりと締め付けられるような鈍痛を振り払えない。

瞬《まばた》きすらせず立《た》ち竦《すく》むしかない息子へ、やがて起こりうる結末を母さんが述べた。

「〝陽炎の夏〟が訪れた患者は、ほとんど……病院に来なくなった……。大切だった人の幻と陽炎が現れる夏、最後は亡き人のあとを追ってしまうのよ……」

そんな結末が――あってたまるか。

誇張された噂話《うわさばなし》と心神耗弱による自殺の症例をこじつけた憶測だと思いたいのに、母さんの真摯な表情による胸騒ぎがそれを許してはくれなかった。

居ても立っても居られない。身体が勝手に反転し、クリニックの階段を駆け下りた僕の前に一人の少女が現れた。

「やあ、少年くん！　わたしに会えなくて寂しかったかなぁ？」

八重歯を晒《さら》したあどけない笑顔の裏に見え隠れする思惑。

このタイミングで現れた海果は、僕に伝えたいことがあるのだろう。

「急いで行かなくとも、春瑠姉さんはまだ大丈夫ですよ。〝陽炎の夏〟が訪れた兆候が見え隠れしている初期段階なので」

こいつの軽い口調を鵜呑《うの》みにしていいものか迷ったが、一先《ひとま》ずは乱れた呼吸を整える。

「今までお前の姿が見えた人……その中でも〝陽炎の夏〟が訪れた人はどうなった？」

中学生特有のあどけない笑顔の仮面は、すっと消えた。

「この町にわたしが突如として現れてから結構経《た》ちますが〝陽炎の夏〟が訪れた人は極

端に少ないです。そして……ほとんどがもう会えません」

「……やっぱり、死んだのか」

「ええ、亡くなりました。幻のあとを追うように自死してしまうんです」

「母さんも同じことを言っていたよ。そんな症状を訴える患者は僅かで、そのほとんどが幻のあとを追いかけたって……」

「現状維持で行き場を失った想《おも》いが引き金となる七つの季節の中でも〝陽炎の夏〟だけは発生条件に『大切な相手との唐突《とうとつ》な死別』を含みますからねぇ。もう永遠に動き出すことがない関係を再燃させる唯一の機会が、死別した人の幻と陽炎現象というわけです」

「ふざけんな……死別したやつとの恋が動き出すわけないだろ……!!」

思わず声を荒らげてしまい、クリニックの前を通る人に奇異の目を向けられた。

他の人には海果が本当に見えていない。

非現実的だと笑い飛ばせない現状が、僕一人で叫んでいる滑稽な姿に表れていた。

「死んだ人は絶対に生き返りませんが、生きている人が死んだ人のもとへ行くのは現実に起こりうることです。単純に、死ねばいいだけの話ですから」

「……馬鹿げてる。それが……春瑠先輩にとっての両想いなわけがない」

「本当に馬鹿げてますよねぇ。でも……わたしにはどうすることもできません」

「お前がいなくなれば……七つの季節は一つも訪れないんじゃないのか」

我ながら酷《ひど》いことを口走っている自覚はある。

しかし、無力感や憤りのぶつけ先が目の前の小柄な少女以外にないのだ。

何を思ったのか……海果は少しずつ後ろに下がり、車が迫っていた道路の中央に立つ。

接近する車は減速する素振りさえなく、駆け寄ろうと手を伸ばした僕も間に合わず、海果も避《よ》けようとしないまま――

「海果っ……!!」

車と人間が衝突……しなかった。

明らかに衝突する進路だった。事故の光景が予想できたのに、車が通りすぎた走行音と排気ガスの匂いが残るだけ。通行人が騒ぐ気配もなければ、警察に通報する人もいない。

当然だ。海果は涼しい顔のまま道路の中央に健在なのだから。

「これまで何度も消えようと試みたんですよ？　結論としては消えられないし、この町から完全に去ることもできないみたいですねぇ」

軽快な様子で話す海果だったが、僕と同じように……いや、僕以上に抱え込み続けた無力感を瞳の奥に覗《のぞ》かせる。

「だから、ごめんなさい。邪魔者のわたしは、ひたすら謝ることしかできません」

こいつは何度も、何度も、強制的に動き出した片思いの結末を見届けてきたのだろう。

自分自身ではどうしようもないから、せめて最も近くで。

「再燃させる機会ということは、もちろん恋を終わらせる道もあるんですよ。どっちつかずの現状維持が許されないだけで、胸に燻《くすぶ》る未練を断ち切るチャンスでもあるわけです」

海果の発言には希望を仄《ほの》めかす含みが持たされていた。

「春瑠姉さんが過去の片思いを完全に吹っ切れば〝陽炎の夏〟は何事もなかったかのように終わりを迎えるでしょうねぇ。まあ、夏梅少年の頑張り次第です」

「兄さんの真似《まね》することしかできない僕に何ができるんだよ……」

「わたしの姿が見えるということは、夏梅少年も〝陽炎の夏〟に巻き込まれているでしょうし、キミの片思いも強制的に動き始めているとしたら？」

戸惑う僕を見かねた海果は疑問符への返事を待たず、続けざまに口を開く。

「キミの片思いが動き出せば、春瑠姉さんの未来は続いていきます。でも、想い人を模した幻の誘いを春瑠姉さんが受け入れたときは、キミの片思いは完全に終わります」

「つまり春瑠先輩に兄さんを忘れさせて、僕のほうに振り向いてもらえれば——」

「春瑠姉さんの片思いは綺麗に終わって、キミの片思いは少しずつでも前に進む。それが現状の最善策であり、誰も不幸にはならない結末です」

それがハッピーエンドへ導き出された唯一無二の手段。

もし逆になってしまった場合……春瑠先輩の思い残した片思いが成就し、その最悪な結末によって僕の片思いは永遠に失われてしまう。

兄を模した幻を後追いした春瑠先輩の死によって、だ。

「まだ、わたしを嘘《うそ》つき美少女中学生だと思ってますか？」

「嘘つきはともかく美少女だとは最初から思ってないな」

「はぁ？　嘘つき呼ばわりしてもいいですから美少女だとは思ってください」

「冗談も程々にしてくれよタヌキちゃん」

腹立たしいけれど、海果の舐《な》めた態度が張り詰めた空気を若干緩和させる。

「すべての元凶が言うのも変な感じですが、もう現状維持は許されませんからね」

「ほんとに……ありがた迷惑なやつだ」

「ありがた迷惑な謎の中学生は他人の人生を勝手に翻弄するしかできませんけどぉ、幸運のイルカと呼ばれている身として言わせてください」

海果は大きく息を吸い込み、

「がんばれ、夏梅少年。キミがずっと大好きな女の子に振り向いてもらえるように！」

恋を応援する後輩のような雰囲気で、せめてもの声援を送ってくれた。

ここまで舞台が整わないと、僕の恋は凍りついたままだったのだろうか。

崖っぷちに立たされるまで追い込まれないと、重い足を踏み出せなかったのだろうか。

ほんとに、ありがた迷惑なんだよ。

＊＊＊＊＊

春瑠先輩がＳＮＳを更新したであろう赤い歩道橋が印象的な海浜公園を捜し回る。先ほどから電話には出てくれず、水平線への日没だけが近づいていく。

ほんのり汗ばむほど暑い。

恋人の聖地なのに恋人ではない人を捜し続ける。

地上二十七メートルの歩道橋はタンカーも潜《くぐ》れる日本一の高さ。折り返しのある緩やかな上り勾配のスロープを急ぎ足で進んでいく。

肩で息をしながらスロープを上り切り、海に浮かぶ中の島と地上の海浜公園を繋《つな》ぐために架けられた道を踏み締めた。

ほんの三十分ほど前に春瑠先輩がアップした写真は、この場所で撮られたもの。

だから、まだ……あなたがいると思った。

「一年前、この赤い歩道橋で晴太郎先輩と待ち合わせていたんだよ」

歩み寄った僕に勘付いたであろう春瑠先輩が静かに口を開く。

こちらに視線は向けない。真下に海が広がる歩道橋の欄干に手を置きながら、火力発電所や製鉄所などの工場群が遠方に並ぶ方角を眺めていた。

もうじき日が暮れる。

そうなれば、海辺の工場群にオレンジの光が淡く灯《とも》るだろう。

「晴太郎先輩が初恋の人でさ、本人も薄々だけど気づいてたと思う。でも……中学生だったワタシは告白すらしなかったの」

「どうして……ですか？」

「だって、もしフラれたら恋が終わっちゃうじゃん。だったら……告白しなければ両想いの可能性は残ったままでいられるし、仲良しな先輩後輩の関係も変わらずに済むから」

今までの僕と……同じだ。

自分の中で無理だと決めつけ、告白すらせずに現状維持を惰性で続けようとした。

「そうすれば傷つかずに済む。ワタシは片思いの初々しい距離感を続けられる。お互いにラクだったんだよ、そのほうが」

兄さんも気づかないふりをしていたのかもしれない。

春瑠先輩が傷ついてしまい、今の関係がぎこちなくなって壊れてしまうのを危惧して。

「今思えば、中学のころにワタシの初恋は終わっていたんだろうけどね。往生際の悪い未練をずるずると長引かせて、心のどこかではまだ諦めきれなくて、次の恋に進めないまま無駄に時間だけが過ぎていったよねー」

先輩の優しい声は好きだけど、この瞬間は耳を塞ぎたい。

自分の人生にそっくりで、痛いから。

「話す機会もどんどん減っちゃったし、晴太郎先輩は千葉の美容専門学校に行っちゃってさ。もし美容師になったらワタシの髪を切ってくださいって……卒業式の日にそんな約束をするだけで精いっぱいだったなー」

「僕の前ではやたらお姉さんぶるのに、兄さんの前では相当なヘタレですよね」

「ひどーい。これでも自分の中では勇気を振り絞ったほうなんだからねー？」

当時を振り返りながら、春瑠先輩は穏やかな笑みを浮かべる。

「去年の夏休み、ワタシから電話をして……美容師になった晴太郎先輩とこの場所で待ち合わせすることになったの。区切りをつけるために告白して、叶《かな》わない初恋を終わらせようと思った。新しい青春に進むために、僅かな未練を吹っ切ろうと決意したのに……」

軽快だった先輩の声が脆《もろ》く掠《かす》れていく。

「あの人は来なかった。いくら待っても」

かける言葉が、何一つとしてない。

指先を震わせた先輩の横顔が、あまりにも悲愴《ひそう》すぎて。

「あの日は……大雨だったはずです。でも春瑠先輩は……帰ろうとしなかった」

「大雨だろうと待たざるを得なかったよね、こんなメッセージを残されたらさ」

ポケットからスマホを取り出し、指先で画面に触れた春瑠先輩。

【広瀬、ごめん！　仕事が長引いた！　ちょっと遅れるかもしれねーけど絶対に行くから……ちゃんと待ってろよ】

　スピーカーで再生された音声は、聞き覚えのある声音だった。

　そんじゃあ、またあとでな——留守電に残された兄さんの声はそう締《し》め括《くく》られていた。

「兄さんは……先輩に告白されるのを悟ってたんですかね……？」

「いきなり恋人の聖地に呼び出されたら、さすがに気づくんじゃないかなー」

　電話やメッセージで伝えず、わざわざ恋人の聖地で待ち合わせる。

　告白される覚悟はしないといけない流れだろう。

「心を落ち着かせるにはちょうどいいと思った。晴太郎先輩が遅れてくる間に、告白の台詞《せりふ》を何度も何度も……何度も胸の中で復唱したけど、彼は一向に現れなかったなー」

　こうして話していると、記憶の映像が鮮明に蘇《よみがえ》ってくる。

　去年の七月下旬。

　遠方の工場群がオレンジ色の光を放っていた大雨の夜、赤い歩道橋の上で傘を差しながら待ちぼうけていた春瑠先輩の姿を、はっきりと。

「あのときと同じだね」

「えっ……？」

「今日みたいに晴太郎先輩を待っていたら夏梅くんがやって来たこと。一年前もそうだったじゃん」

当たり前の口調で「今日みたいに」と言われても、違和感は誤魔化《ごまか》せない。

死んだ人をいくら待っても来るわけがないのに。

「そして、ワタシに教えてくれたよね。ここに向かっていた晴太郎先輩が……バイクの転倒事故で亡くなったことを」

「そうです……その留守電を残したあとに、兄さんは死んだ……」

「わかってる。わかってるから」

「じゃあ、どうしてここに来るんですか！　あなたは誰を待ってるんですか！」

思わず吐き出した大声の言葉尻が震えてしまう。

「僕の兄さんは……あなたの初恋の人はもういないんですよ！　いくら待っていても、どこを捜しても……告白なんてできないのに！」

「そうだね。一年前のキミも……はっきりと現実を教えてくれた」

「ここまでキツい口調じゃなかったです……たぶん」

「そうだったかなー？　ワタシもめちゃくちゃ動揺してたから曖昧かも」

忘れられない。

雨が降りしきる視界も黒く湿った路面の不気味な光沢も、ずぶ濡《ぬ》れになって水分を吸った衣服の重みも。

　現実を受け入れられずに取り乱したあなたの顔と声も、よく覚えている。

「さっき、すれ違った気がしたんだ。すぐ消えちゃったんだけどさ」

　……違う。それは、本物じゃないから。

「ずっと待ってたら、晴太郎先輩は来てくれるのかな？　ワタシの告白を……断りにきてくれるかな……？」

　春瑠先輩の目尻から零《こぼ》れる大粒の涙が一滴ずつ海へ落ちていく。

「ワタシが好きになってしまったせいで……ワタシが初恋の終わりを長引かせてしまったせいで……晴太郎先輩の未来を奪ってしまってごめんなさい……」

　僕は……兄さんが嫌いだ。

「次に会えたら謝りたいな。好きになってごめんって……謝れるかな……？」

　僕の好きな人を悲しませて、恋したことを謝罪させて、一人で苦しませる自分勝手な兄さんが心の底から大嫌いだ。

　そんな兄さんの偽者を演じている狡《ずる》い自分自身が、最も嫌いだ。

「今日の午前中にね、夏梅くんのお母さんがいる病院を受診してきたの」

「春瑠先輩の言動が気になったので……僕も学校帰りに行きました。やっぱり受診したのは春瑠先輩だったんですね……」

「ワタシの目に映る晴太郎先輩は偽者で、その手を取ったら死んでしまうかもしれないって言われても……どうすればいいのかわかんないなあ……」

失った人の面影を吹っ切り、それ以上の大切な存在を見つけること。

それしか解決策がないという現実が重く伸《の》し掛かり、脆く穴が空いた彼女の心をさらに削り取っていく。

「終わった初恋を忘れさせてよ……後輩くん……」

咄嗟《とっさ》に身体《からだ》が動いてしまう。

泣いている春瑠先輩を背後から抱き締めていたのだ。

「もう帰りましょう。僕の家でゲームしたり映画見たり、どうでもいいことを話しながらご飯食べたりしましょうよ……」

しかし、告白なんてできやしない。

春瑠先輩の華奢《きゃしゃ》な背中を弱い腕力で覆い隠すことしかできず、勢い任せで甘い台詞を囁《ささや》く勇気が未《いま》だに振り絞れない。

もし断られたらその時点で〝陽炎《かげろう》の夏〟は春瑠先輩を攫《さら》ってしまいそうな気がして……

幼稚な泣き言を漏らすのが精いっぱいの意気地なしの自分が死ぬほど嫌いだ。

兄さんならどう言うんだろう。

兄さんなら……どうやって春瑠先輩を笑顔にするんだろう。

わからないんだよ。

僕はあいつの紛《まが》い物《もの》でしかないから。

「……優しいよね、夏梅くんって。ワタシが立ち直るまで側《そば》にいてくれて、今も一人ぼっちにはさせてくれないね」

「一人だった僕は春瑠先輩に救われたので……僕も一人にさせたくなかっただけです」

「そっかそっか……ほんとに可愛《かわい》い後輩だな、キミは」

少しだけ笑った春瑠先輩は涙を拭い、

「……帰ろっか！」

そう言いながらくるりと振り返ったものだから、背後から抱き締めていた僕と正面から向かい合う形になった。

お互いの顔と顔が、かなり近い。

どちらかが半歩踏み出せば、唇同士が重なり合うくらいに。

「……先輩、近いです」

「えへへ、キミも初心《うぶ》だねー。顔が真っ赤になってるよ」

「……すみません、こういったイベントに乏しいもので」

「ワタシと似たようなもんだな？　お互いに良い恋愛をしていこうよ、これから」

後輩からの好意に気づく気配すらないな、この人は。

出会ったころから不変だった。春瑠先輩にとっての僕は気を遣わない後輩で、さらに言えば弟のような距離感。それは家族のように近いけど、恋愛対象としては遠い。

痛いほど伝わるんだ。

僕に向けられた瞳と兄さんを追っていた瞳が、まったく異なるから。

「動かないで」

そう囁いた春瑠先輩は僕の懐に顔を埋《うず》め、身動きをやめた。

「もう少し……このままでいさせてほしいな」

「……わかりました」

「ありがとう。未練がましい先輩に……ちょっとだけ胸を貸してください」

涙混じりの小声を滲《にじ》ませ、顔を伏せた春瑠先輩が身を寄せてくる。

僕はそっと手を広げ、正面から春瑠先輩を包み込む。

心が不安定になった先輩が安心し、普段通りの笑顔を見せてくれるように。

兄さんの劣化版である僕は、兄さんの代わりにはなれないから。

恋人にはなれない僕は、この人の側にいてあげることしかできないから。

五分くらい経《た》っただろうか。

自然に離れた僕たちは肩を並べ、海浜公園側へ降りられるスロープのほうへ歩き出す。

「ねえ、そろそろお腹《なか》減らない？　どこかで食べていこうよ」

「おっ、良いですね。それなら久しぶりに森田屋《もりたや》に行きません？」

「よし、そこにしよう！　蕎麦屋《そばや》のカレーってめちゃくちゃ美味《おい》しいよね！」

失いたくない。

となりで無垢《むく》に笑ってくれるこの人を、ずっと見守っていたい。

でも、それだけじゃ駄目なんだ。

春瑠先輩の終わらない初恋を終わらせて、やがて訪れるかもしれない不条理な運命を覆す。そのために僕は、どっちつかずの現状維持をやめなきゃいけない。

「今週末、二人でどこかに行きませんか？」

こうやって後輩のほうからデートに誘ってみよう。

今の自分が声にして渡すことができる最大限の愛情表現だ。

「それって……春瑠お姉さんを遊びに誘ってる？　生意気だな？」

「さあ、どうでしょう？　ただ勉強をサボる口実が欲しいだけかも？」

生意気な口を叩《たた》いて平常心を装ってはいるが、内心は心臓が口から飛び出そう。

「ごめんねー、ちょっと無理かなー」

「ですよね……いきなり言われても困りますよね……」

「七月下旬からは期末テストだから、もうそろそろテスト勉強を始めないと。八月までは木更津に帰らないつもりだし、ホームシックで地元を恋しがるのはいったん終わり」

かなり落胆はしたものの、先輩が東京に居続けてくれるのは安心に繋《つな》がるのではないだろうか。兄さんの面影が色濃い地元に近づかないのであれば……。

しょんぼりする後輩を見かねたのか、優しい先輩は会話を続ける。

「テスト期間後の八月でもよければ、どこかに行こうか？」

「えっ……？　マジですか？　ほんとに？」

「うん、夏梅くんが行きたいところに連れてって」

まさかの……ＯＫ！　橋を歩く足取りがさらに軽くなった。

春瑠先輩は余裕っぽい横顔なのに、僕は感情がぐつぐつと沸騰している。

はにかんだ顔を見られないよう、ちょっと俯《うつむ》き加減の早歩きでスロープを下り、バイクのもとへ戻る。興奮冷めやらぬ心境が、日没前の風景を過剰に煌《きら》めかせた。

「その前にまずは森田屋まで乗せてってー」

「相変わらず後輩使いが荒いですね……」

「何か言った？　ん？」

「いえ、素敵な先輩だと思ってまーす」

「生意気な後輩くんだなー？　誰がキミをここまで育てたと思ってるんだ？」

先輩に髪の毛をぐしゃぐしゃと撫《な》でられると過度に高揚してしまう。

顔はクールを演じてはいるがね、めちゃくちゃ嬉《うれ》しいので。

ヘルメットをかぶった春瑠先輩の可愛さに見惚《みと》れ、内心舞い上がった僕はバイクのキーを上手《うま》く差し込めず、ぽろっと落としてしまう。究極にダサい。キモすぎる。

ともあれ、八月になればデートに行ける。

そこで僕は——春瑠先輩に自分の気持ちを伝えようと思うんだ。

営業時間ぎりぎりで地元の蕎麦屋に滑り込んだ僕と先輩。

中学の部活帰りによく食べていたカレーライスとチャーシューメンを堪能し、春瑠先輩を木更津駅の西口ロータリーまで送り届けた。

「ごめんねー、気まぐれで帰省した迷惑な先輩が可愛い後輩を年上パワーで連れ回す～みたいな一週間になっちゃって」

「いえいえ、全然迷惑とかじゃないですから。僕はいつでもヒマしてるんで、地元に帰ってきたらいつでも連絡を待ってます」

「夏梅くんも期末テストがあるでしょー？　ワタシが見張ってなくても、ちゃんと勉強しておくこと、ね？　もしサボってたら冬莉ちゃんに報告してもらおうかなー」

申し訳なさそうに苦笑いしたり、お節介な先輩面した屈託のない笑顔が眩《まぶ》しかったり。

春瑠先輩の豊かな表情は、いつも胸を高鳴らせてくれる魔法だ。

「最近はあまり勉強してないというか……大学以外の将来もあるのかなって。専門学校に進んで美容師になるのも選択肢としてはありかな〜とか……ちょっと思ったりもして」

　歯切れの悪い冗談めかした言い草で様子を窺《うかが》ってみる。

「それは、キミ自身が思い描いた将来の姿なの？」

「……どうでしょう。自分でもよくわかっていない……かもしれません」

　断言しようとする意思と隠れた本音が反発し、無意識に返事が小さくなる。

　美容師になりたいのは嘘《うそ》。

　でも……そのほうが春瑠先輩は喜んでくれると思った。兄さんと同じ進路なら、と。

　だけど――

「それは、キミのやりたいことじゃない。夏梅くんの夢じゃないよ」

　想像していた反応じゃなかった。

　ぎこちない作り笑いを浮かべた先輩は、手放しで喜んではくれなかった。

「ごめんね」

　潤んだ瞳の先輩が、ぽつりと謝った。謝らせてしまった。

「冬莉ちゃんと過ごす日常こそ、本来の夏梅くんがいるべき居場所だったんだよね。ワタシのせいで……本当にごめんなさい……」

　悲痛さが滲む先輩の涙声が、忙《せわ》しない周囲の環境音に混ざって濁る。

「キミは晴太郎先輩の代わりじゃない。ワタシを救ってくれたのは夏梅くんなのに……晴太郎先輩と重ねてしまう……最低な女だよ」

「それなら、良かったです」

予想外の返答に戸惑う先輩へ、僕は乾いた笑みを返す。

「……兄さんの代わりになれて、先輩の笑顔を取り戻すことができた。偽者なりに……役割を全うできたのなら本望です」

「キミは……不器用だね。ワタシが……不器用にさせてしまったね」

彼女は涙を溜《た》めた瞳を伏せてしまい、こちらに背を向け……帰宅の人々が往来する駅の中へ足早に消えてしまう。

ワタシはもう、誰も好きになれないと思う。

恋するのが、怖いから。

それだけを、去り際に言い残して——

僕に人生の楽しみを与えてくれて、ちょっと過保護に甘えさせてくれる人だから僕は好きになった。

青春なんてものを対価に差し出しても、この人の側《そば》にいたいと焦がれた。

白濱夏梅に戻ってしまったら〝結ばれない片思い〟に戻ってしまうだけ。

僕が持っていなかったものを持ち、遠目で羨み、大嫌いだった兄さんを模していれば、二人で傷の舐《な》め合いをしていられると……そんな異常な関係だとしても、好きな人のとなりにいられると思い込んでいたかった。

そう、勘違いしていたかった。

「白濱夏梅に戻ろうとしないのは、僕が傷つきたくなかった——それだけなんですよ」

街灯に照らし出された夜の木更津駅西口前。

一人ぼっちで立ち尽くす男の拗《こじ》らせた嘆きは、駅に停車する路線バスの音にすら掻《か》き消され、自分以外には届かなかった。

そんな惨めでどうしようもないやつを嘲笑《あざわら》うかのように、生暖かい風が背後を流れていく。しかし、冷たい。風の行く先へ眼球が傾き、意識が引き寄せられてしまう。

ロータリーを行き交う有象無象の通行人。するすると移動していく一つの人影は不規則に揺らぎ、常識では計り知れない異色の雰囲気を纏《まと》っていた。

紛れもない。ほかの誰でも、ない。

まさか、これが。

視覚が風貌をはっきりと捉えようとした瞬間、揺らいでいた人影は消失。

懐かしい夏の香りがする風だけが吹き抜けていった。

路肩に停車させていたラビットに跨《またが》った僕は、風が流れたほうへ進路をとる。温かい風が通った道の景色は揺れ動き、制限速度いっぱいで走り抜けた肌がじりじりと熱い。

こっちに来いと、挑発しているのか。

お下がりのバイクを我が物顔で乗り回している弟をバカにしているのか。

まだどこか信じられていない。

しかし、ふつふつと煮え滾《たぎ》る不快感を抑えられず、行き場のない憤りを進行方向に向けながら富士見通りを突っ切っていった。

謎の揺らぎに導かれたのは、まごころ広場とは異なる海沿いのバスケコート。まごころ広場に新しいコートができてからは一切来ていなかった。兄さんの面影が邪魔だったから。ラビットから降りた僕を正面から待ち受ける人は、いない。

しかし、なぜだろう。

無表情の兄さんが正面に立っているような……そんな気がしてならないんだ。

「なあ、そこにいるんだろ……」

僕が一人で語り掛けているのだから、当然のごとく返事はない。

背後に気配を感じ、夏の香りがする熱気のほうを振り返ってみると……海沿いの風景が不鮮明になり、ゆらゆらと靡《なび》いた。

凡人なりに研ぎ澄ました視覚が一瞬だけ、察知する。人の形を模した不可思議な幻の姿を。

周囲の景色を揺らがせながら現れ、闇夜に同化しながら消える瞬間を。

「こうやって現れたり消えたりしながら……春瑠先輩を苦しめてさ……」

妙に静まり返った野外バスケコート。

不快感を隠さない僕の声音は十分に届く環境なのに、もはや向こうは人間ではないため独り言でしかない。

兄さんの幻がこの場所にいる。そう考えるだけでコンプレックスが過剰に刺激されてしまい、苦渋が胸の奥に充満して吐きそうになる。

どうしても思い出してしまうんだよ。

甘酸っぱさを凌駕《りょうが》してしまう苦い記憶や、憧れと嫉妬が入り混じった当時の感覚を。

「春瑠先輩は立ち直りかけていたのに……今さら現れてんじゃねえ!!　ずっと嫌いだったんだ……お前が死んでくれて感謝すらしてるよ!!」

皮肉の一つでも言い返せよ。

弟なんか眼中にないような顔で……何かを言い放ってくれ。

「兄さんに勝てるものなんて……勉強くらいしかなかった。でも、春瑠先輩が初めて惚《ほ》れたのはバスケ部のエースで人気者だった白濱晴太郎だったから……僕は……」

僕は、お前の偽者になろうとした。

お前が、死んだから。勝手に死んでくれたから。

「どうして……春瑠先輩の気持ちをわかっていながら遠ざけようとしたんだ。生きていても、そして死んでからも……僕の好きな人を苦しめるお前が……嫌いだ……」

導火線に着火した激情が抑えきれない。

惨めな負け惜しみが届いているのか届いていないのかは知らない。知りたくもない。

兄さんの幻には触れられないし物理的に痛めつけられないのなら、せめて。

最大級の幼稚な一言を拳の代わりにして、ぶん殴らせてくれ。


「大っ嫌いだ!!」

第四章　偽者に憧れた本物の僕は

六年前、小学生の僕が春瑠《はる》先輩に出会った日から秘密の交流が始まった。

夏休みの朝九時。待ち合わせ場所はいつものコンビニ……ではなく、木更津《きさらづ》駅西口の逆さ狸《たぬき》・きぬ太くんの前。

「今日はプール……春瑠先輩と初めてのプール……」

海どころかプールもほとんど未経験な僕のために、水遊びを提案してくれたのだ。

父親の目を盗んで待ち合わせするのも初めてだし、市民プールに誘われた相手が年上の女性というのも緊張と興奮に拍車をかけた。

「待たせてごめーん」

僕の肩を震わせたのは、鼓膜に沁《し》み渡る可憐《かれん》な声。

大胆に肩を露出したロングのワンピースが涼しげな女性らしさを演出し、裾から覗《のぞ》く素足は夏物のお洒落《しゃれ》なサンダルを履いている。日焼けした褐色の両肩に一筋の白い肌があるのは……たぶん水着の跡。艶《なま》めかしさが動悸《どうき》を速めた。

「ひょっとして、オフショルダーは似合ってないかな……？」

不安視した春瑠先輩が自らの肩を隠すように手を添え、顔を曇らせた。

「い、いえ！　私服が可愛《かわい》くて……中学生は大人だなぁと思いました！」

「良かったぁ！　バスケやってるから、腕回りの太さを気にしてるんだよねぇ」

「全然太くないですよ！　むしろ引き締まっていて、美しいというか……とにかく、素晴らしいと思います！」

「いやー、なんか小学生に気を遣わせてしまって申し訳ないっ！　ありがとう！」

僕が褒めちぎり、春瑠先輩が恐縮するという謎の構図は二分くらい続いた。

春瑠先輩に富士見《ふじみ》通りを先導されて到着したのは『鳥居崎《とりいざき》海浜公園プール』と書かれた施設。学校用の水着に着替え、プールサイドに立つ。

ガリ勉の貧弱男子には苛酷すぎる暑さでしかないけど、灼熱《しゃくねつ》地獄はすぐに天国と化す。

「さてっと、泳ぐ前に準備体操しよっかー」

——振り返ると、女神が降臨していた。

紺色のスクール水着が眩《まぶ》しい春瑠先輩。中学一年にしては高身長の細身な体形ながら上質な筋肉が適度についており、引き締まった美脚が綺麗《きれい》に引き立つ。

運動部の鍛え上げられた肉体を前に、僕はただただ見惚《みと》れるしかない。

「夏梅《なつめ》くん」

「はい……？」

「じろじろと見すぎです。ワタシが恥ずかしいのでやめましょう」

「ううっ……すみません。同じクラスの女子より大人っぽくて……つい！」

春瑠先輩のじっとりとした視線の圧力が紫外線よりきつい。

「男子がどこを見ているかなんて女子にはお見通しだからねー。覚えておくように」

春瑠先輩のスク水姿は小学生の官能に深く刻まれ、一生忘れないだろうと確信した。

一時間程度ではたいして遊べなかったものの、二人で海に行く日程も決められた。

この満たされた日常が兄さんの欲しかったものなのかな。

そうだとしたら喉から手が出るほど羨ましくて、殺してやりたいほど大嫌いだ。

「まだ……帰りたくないです」

帰宅が遅くなる懸念よりも、人生で最も煌《きら》びやかな今日を早々に終わらせる名残惜しさが勝った僕は帰宅への足を止め、ガキっぽく駄々《だだ》をこねた。

「ワタシは良いけど夏梅くんは帰らなくても大丈夫なの？」

「春瑠先輩さえよければ！　僕は……もっと遊びたいです！」

「おー、そうかそうか。そんなに春瑠お姉さんと遊びたいのかー」

恋する少年は声色を弾ませ、中学生のお姉さんは陽気に頭を撫《な》でてくれる。

「ちょっと待っててね！」

春瑠先輩は元気に手を振り、公園とは反対の帰路へ快足を飛ばす。あっという間に消えた先輩を五分ほど待っていると、右脇にバスケットボールを抱えて戻ってきた。

「海沿いにバスケコートがあるから一緒にやろう！　キミを連れてってあげる！」

目の前を走り抜けると見せかけた春瑠先輩は無垢《むく》な少年の手を掴《つか》み、連れ去っていく。

「ほら、走って！　夏の海沿いを駆け抜けろ、後輩くん！」

当時はまごころ広場にバスケコートが新設される前だったので、少し離れた海沿いのバスケコートに向かう。好きな人に手を引かれながら一緒に走るという青春の味は想像以上に甘ったるく、先輩との思い出の中でも格別だった。

歓喜で包まれた幸せな時間はどこまで続いていくのだろう、と酔いしれた。

しかし、特別な瞬間は一瞬の煌めき。

羨望と嫉妬。離れ離れになっても一方的に意識し続けてきたからこそ、血の繋《つな》がった兄弟は再び引き寄せ合ってしまう運命なのかもしれない。


今この瞬間になるなんて、神様の悪戯《いたずら》にしては悪趣味すぎるが。


海沿いの屋外バスケコートには——先客の人影。

ほぼ同年代と思われる男女六人が三人チームに分かれ、仲睦《むつ》まじい様子でバスケをしているグループの中に……美しいフォームでシュートを放つ若い男性の姿があった。

両親の別居から五年、頭のどこかには巣食っていた憎悪の面影。

五年前よりも身長が大幅に伸び、面構えも多少は成長しているが……正体を判別するのに三秒もいらない。

「あの人……もしかして晴太郎《せいたろう》先輩？」

驚いたような反応の春瑠先輩から零《こぼ》れた名前が、残酷な現実を物語る。

「お子様がじろじろ見てんなーと思ったら広瀬《ひろせ》かよ」

遠目から眺めていたこちらの気配に気づいたのか、プレイを止めた高身長の男が振り返りざまに先輩の名字を呼ぶ。

「立派な中学一年なんですけど！　これでも大人っぽくなったんですからねー？」

「プライベートの広瀬を久しぶりに見たっつーか、ぱっと見だと誰かわからねーな」

「えーっ？　放課後の居残り練習に付き合ってもらってるじゃないですかー」

「学校では制服か練習着のお前しか見たことねーからな。この距離で私服だとマジでわからん。近所の小学生姉弟《きょうだい》が散歩してるだけかと思った」

「相変わらず腹立ちますねーっ！　この子はともかくワタシは中学生なので子ども扱いしないでください！　もう大人ですから、おとな！」

「高二のオレから見れば中一なんてまだまだガキだわ。サンタクロースでも信じとけ」

「もうサンタさんは信じてませんー。去年卒業しましたー」

口の悪い男にからかわれた春瑠先輩は、まんざらでもなさそうに声音が明るい。

言葉の端々に若干の緊張と高揚が秘められ、目の前にいる男へ晒《さら》す表情は嘘《うそ》偽りのない笑顔だと容易に想像できた。

男は低音に声変わりしていたものの、顔立ちや口調は五年前の面影をはっきり残す。

それもそのはずだ。

この男は僕の兄、白濱《しらはま》晴太郎なのだから。

「ちなみに広瀬の後ろに隠れてるのはマジで弟なのか？」

春瑠先輩の陰に隠れていた僕に興味を抱いた兄さん。僕も五年間で容姿が成長したからか、こちらの正体には気づいてないらしい。

「行きつけのコンビニが一緒で最近仲良くなった弟みたいな子です。夏休みなのに勉強漬けは可哀《かわい》そうだなーと思ってプールに連れて行きましたー」

「広瀬はお節介だよなぁ。デートするヒマもないんじゃねーの？」

「先輩こそデートの一つでもしないんですかー？　夏休みに自主練をしてるとか真面目すぎません？」

「自主練っつーか、男バスと女バスの友達と遊んでるだけだな。ウインターカップ予選も近いし、部活がないときでもボールに触っておかねえと感覚が鈍るんだよ」

「そう言われるとバスケ部のエースって感じがしますねー？」

「アホか。どこからどう見ても正真正銘のエースだろーが」

「はいはい、そういうことにしておきまーす」

やや離れた位置で立ち話をする二人の笑い声。

早く、早く終わってくれ。

羨望の真綿で首を絞められているかのように、苦しい。

「あ、そういえば――」

兄さんがタイミングを見計らい、何かを切り出そうとする。

「今度の休日にこいつらとみたて海岸でバーベキューする計画があんだよ。女バスの友達も何人か誘う予定だし、もしよかったら広瀬も来ねえ？」

「お誘いは嬉《うれ》しいんですけど、ワタシみたいな中学生が参加してもいいんですか？」

「人数は多いほうが盛り上がるんで構わねえだろ。学校とか部活以外でお前と話すタイミングも最近はなかったし、いい機会なんじゃねーか？」

「晴太郎先輩は……ワタシに来てほしいんですか？　その言いかただと普段のワタシとも会ってお喋《しゃべ》りしたいって聞こえるんですけど……？」

「ばーか、大人ぶってんじゃねえ。バーベキューの買い出しに付き合ってくれるヒマそうな後輩を探してただけだ」

「なんですかー、それーっ！　晴太郎先輩のパシリじゃないですかーっ！」

「パシリじゃねーよ。オレも一緒に行くって言ってんだろ」

充実した夏休みの定番……らしい海イベントの誘い。

春瑠先輩の雰囲気は明らかに乗り気で断る理由がない。

だが、風向きは変わる。兄さんがバーベキューの予定日を告げると、上機嫌だった春瑠先輩の声色がやや下がり、一転して難色を示した。

「もしかして、その日は予定でもあったか？」

「……すみません、ちょっと先約がありました！　次の機会があったらまた誘ってくれると嬉しいです！」

「そういうことならしゃーないわな。お前が来ないなら大人同士で楽しんでくるから、スクール水着しか持ってないお子様は市民プールで遊んどけ」

「失礼ですね！　たしかにスク水しか持ってませんけど！　今年は大人の女性っぽいビキニを買いますから！　次も絶対に誘ってくださいねーっ！」

地面に伸びる春瑠先輩の影が動く。

断ったことを申し訳なく思い、謝罪の意味を込めて手を合わせているのだろう。

「広瀬たちもバスケしにきたんだろ？　せっかくだから一緒にやってかねーか？」

持参のボールを抱えた先輩に対し、そう提案した兄さん。

「……すみません！　せっかくなんですけど、今日はこの子と遊ぶ約束なので！」

「あっそ。それじゃあオレは楽しくバスケしてっから、お前ら仲良し姉弟はそのへんの遊具で勝手に遊んでろ。良い子だから五時になったらさっさと帰れな」

「だーかーらー、子ども扱いしないでください！　この子は弟じゃないですしーっ！」

終始、会話の主導権を握られていた春瑠先輩。

もしかしたら、こっちが先輩の素に近い言動……なのかもしれない。余裕ぶったお姉さんの顔じゃなく、恋する後輩の女子みたいな顔が——春瑠先輩の本音だとしたら。

グループの輪に戻り、３ｏｎ３を再開させた兄さんの後ろ姿を……春瑠先輩は心惜しさが淀《よど》んだ眼差《まなざ》しで見詰めていた。

低い視点から見上げる僕が、その横顔を眺めているのにも気づかないまま。

「あはは……話し込んじゃってごめんね。あの先輩は中学のバスケ部ＯＢなんだけど、初心者だったワタシの居残り練習に付き合ってもらってるの」

苦し紛れの微笑《ほほえ》み。

春瑠先輩は本心を押し殺し、苦渋の優しさを最優先してくれる人だからこそ、僕には多大な罪悪感が燻《くすぶ》る。

彼女の本音を捻《ね》じ曲《ま》げてしまったのは、他ならぬ僕。春瑠先輩の日常に何食わぬ顔で紛れ込んだ異物に過ぎない存在が、淡い片思いを邪魔するなんて耐えられない。

春瑠先輩がバーベキューを断った理由は——

僕を海に連れて行ってくれる日と同じだったから。

「春瑠先輩」

帰り道のほうへ一歩踏み出した春瑠先輩を、僕は呼び止める。

「僕は海に行けません」

足を止められた先輩は、言葉を詰まらせてしまう。

「どうして？　ワタシと行くの……嫌になった？」

「嫌です。春瑠先輩の気持ちに嘘をつかせるのが……嫌です」

好きな人からイベントや自主練に誘われたら嬉しいのは、僕だけじゃない。

春瑠先輩も同様に決まってる。

なのに……僕との先約を優先し、仲を深める絶好の機会だったイベントを立て続けに断らざるを得なくなった。さりげなく気を遣われたのが、子供でも理解できたのだ。

優しい。この人は、本当に素敵な女性だと思う。

春瑠先輩と出会い、優しさを与えられた。

いろんな世界があって、いろんな楽しみがあることを知り、春瑠先輩に会えると思うと不安定に浮ついた。それが初恋だと自覚するのに、そう時間はかからなかった。

教えてもらったんだ。片思いの甘酸っぱさを。

そして、好きな人が別の誰かに恋をしている顔を。

見ず知らずだった少年にもお節介焼きのあなたが、すべて教えてくれた。

「ありがとうございました。僕と出会ってくれて――」

台詞《せりふ》を紡ぐたびに、痛む。胸元に根付いた鈍痛が収まってくれない。

春瑠先輩の姿が霞《かす》み、決壊した涙が汗を押し流しながら頬《ほお》を濡《ぬ》らすばかりで、頭に思い描いた言葉は嗚咽《おえつ》に掻《か》き消されてしまう。

「うっ、うぁ……ぐっ……」

僕は逃げ出した。みっともなく目元を水没させながら、ここまで連れてきてくれた春瑠先輩を一人取り残し、思い入れのない地元の海沿いを駆け抜ける。

細い腕で拭っても拭っても、悔しさと嫉妬が凝縮した塩辛い涙は身体《からだ》の水分を奪い続け、アスファルトへ滴り落ちた瞬間に蒸発した。

「はあ……はあ……！」

木更津港の公共ふ頭に差し掛かったとき、疲労による激しい息切れを起こす。残りカスみたいな体力を使い果たし、膝に手を置きながら酸素を何度も吸い込んだ。

「あいつ以外なら……良かったのに……！　どうして……なんだよ……！」

どうして、この世界は僕を冷遇するのだろう。

どんな相手だろうと受け入れるつもりだった。春瑠先輩に好きな人がいるなら、たとえ僕が愛されなくても彼女の幸せを祈りたかったのに。

春瑠先輩が初々しい少女に戻る相手は、本当に好きなのは――

「大嫌いだ!!」

白濱晴太郎。自分の兄だった人。

知らなかった。あいつがバスケ部のエースになっていて、イベントを主催できるような大勢の友達に恵まれ、純粋に好意を抱いてくれている素敵な後輩もいるなんて。

知る由も……なかったんだよ。

「嫌だ……嫌だよ……。僕だって……春瑠先輩のことが……」

いなくなれ。

あいつが日向《ひなた》で光を浴びている限り、僕は日陰の人形みたいなもの。

願わなければよかったのかな。

誰にも慕われず、誰も好きになることはないままだったら、この喪失感も蔓延《はびこ》る痛みも

……ぜんぶ知らなくて済んだのかな。

自分にも人並みの日常があるなんて、勘違いをしないように。

外の世界を見たくて逃げ出した鳥は一人ぼっちの檻《おり》に戻る。

僕の居場所は、ここじゃなかったから。

涙が涸《か》れるまで泣《な》き喚《わめ》いた僕が自宅に帰ると、リビングには父親がいた。すぐに激怒するわけでもなく、表情を険しく結んだまま僕のほうをじっと凝視しているだけなので思惑がまるで読めない。

「どこに行っていた？」

持ち前の厳格さを雰囲気で語る父親が、沈黙を破る。

「参考書を学校に置き忘れたから取りに行ってた……ごめんなさい」

「……まあいい。無駄にした時間のぶんを必ず取り戻しなさい」

息子の私生活や僕のやりたいことなんて一切の関心がないこの人は、最低限の会話しか投げかけてこない。

元々は都市の大学病院にいた人が、現在は地方の系列病院にいる。

派閥争いに敗れ、出世コースを外れたあたりから親の顔を捨て去ったのだろう。

「私に恥をかかせるような真似《まね》はするんじゃないぞ」

何度も聞いた。聞かされた。

従順な息子に自身の人生を重ね、名誉を回復させるためだけの従順な操り人形にしようとしているのだ。

それを不思議とは思っていなかった。当たり前だと認識させられていた。

春瑠先輩と出会い、様々な感情を教えてもらうまで……は。

職場に戻るためにリビングから出ていこうとした父親だったが、ふいに立ち止まる。

「晴太郎のような〝偽者〟にはなるな」

そして幼少期から刷り込まれた一言でいつも、いつも深く釘《くぎ》を刺される。

「お父さん、安心して。あいつみたいには……絶対にならないから」

そんな言葉とは裏腹。

あいつみたいに……兄さんみたいになりたいという欲求が芽生えていた。

そうじゃないと春瑠先輩に好きになってもらえないから。

父親が目の前からいなくなり、一人取り残された僕の気持ちは……建前と本音で激しく揺れ動いていた。

「初恋なんて……知らなければよかった……」


その日以降、僕は春瑠先輩に会えそうな場所へ行かなくなった。

兄さんの前から情けなく逃げ出し、一人ぼっちの夏休みに戻り、刺激や高揚とはかけ離れた二週間が過ぎていったあたりに再発した未練の燃え残り。

受験する中学の過去問を解き続けるための思考回路に渇望が侵食してきたのだ。

春瑠先輩は、今どうしてるんだろうか。

あの人との甘酸っぱい日々を知ってしまったために、すんなりとは一人の人生に戻り切れない。中途半端な状態が長引けば、恋どころか勉強までも潰れてしまう。

今日だけ。一日だけだから。

部屋で勉強していた僕は過去問題集を閉じ、自分以外は誰もいない自宅を抜け出した。

しぶとい暑さが残る夕暮れの港町。

夕方でも太陽が沈まない季節に映える春瑠先輩を捜す。

ひと夏の数日間、二人で遊んだだけの姉弟みたいな関係だったけど、もし会えたらちゃんとお別れの挨拶をしようと思う。

あの人の笑顔をもう一度見られたら、もう。

僕の初恋を、綺麗《きれい》に忘れられる。


「夏梅くん……？」


甘々な思い出に浸れる市民プールがある海浜公園——赤い歩道橋が見下ろす海のすぐ側で、僕たちは再び出会った。

「二週間ぶりくらいかな？　あの日以来……部活帰りにコンビニに寄っても、キミは現れてくれなかったね」

「すみません……」

「ワタシが嫌われるようなことしちゃったのかなって……だったら謝りたいな」

「いえ、違うんです！　家庭の事情で……先輩は何も悪くないんです」

「そっか、ワタシの思い過ごしだったんだ。無駄に心配性でごめん！」

「僕を捜してたんですか……？」

「あのままお別れは後味悪すぎだからねー。二人で一緒に来たこの辺りにいればいつか会えるかなーなんて思ってさ、たまに立ち寄ったりしてたんだ！」

子供心ながらも胸がいっぱいになった。

身勝手に消えた僕を心配してくれて、もう一度会いたいと願ってくれる人がいる。

その事実が信じられないほど幸せに思えて仕方なかった。

「今度からは勝手にいなくなっちゃダメだぞ？　お姉さんとの約束！」

お姉さんぶって頭を撫《な》でてくれる日々が、やっぱり大好きだ。

この人にとっては迷子になった弟を捜しに来た感覚に近いんだろうけど、それでも嬉《うれ》しすぎて泣きそうになってしまう。

きっぱり忘れるつもりだったのに、あらためて自覚させられてしまった。

ああ、この人が紛れもない僕の初恋なんだと。

「あの日、夏梅くんが逃げ出した理由って……キミのお兄さんが関係してるの？」

「え……？」

「晴太郎先輩、キミのお兄さんなんでしょ？」

不意を突かれたことによる困惑が返答を迷わせる。

春瑠先輩には『僕らが兄弟の関係』なのは教えてないし、二週間前の時点では知る由もなかったはずだから。

「晴太郎先輩は会いたがってる」

「誰にですか……？」

「夏梅くんに」

僕に会いたがっている？

自分勝手に振舞い続けて、自分だけやりたいことをやって、その代わりに家族を引き裂く元凶となった偽者が。僕だけを置き去りにした最低なやつが今さら。

「二週間前、彼がいた場所に今日もいると思うから」

「僕に……どうしろっていうんですか」

「あとは夏梅くんに任せる。会いたくなかったらそのまま帰ってもいいんじゃないかな」

僕は押し黙るしかなく、複雑な葛藤を抱えたまま一歩ずつ踏み出し始めた。

「これでバイバイじゃないよね？　キミを海に連れて行く約束、まだ覚えてるから」

どうすればいいのか、わからない。

ずっと父親の思惑に従ってきたため、自分の意志を貫く信念が欠落している。

あいつが春瑠先輩をどう思っているのかを知れば、僕は諦めなくてもいいのだろうか。

僕が目指したい未来を、教えてくれるのだろうか。

海沿いのバスケコートに歩いて向かう。

ボールがバックボードに当たる音、落下したボールが弾む音、ドリブルする音などが奏でられる夕暮れの空間は少しだけ青春の匂いがした。

神様の気まぐれなのか、リングに跳ね返されたボールが僕のほうへ転がってくる。

お辞儀するようにボールを拾うと……ボールを追いかけてきた兄さんと相対した。

「そのボール、取ってくれてありがとな」

弟だと知ってか知らずか、兄さんは胸の前に両手を掲げる。

パスして返してくれ、という仕草。スポーツ全般に無知な僕は察するまでに数秒ほど棒立ちしてしまったが、両手に抱えたボールを不格好に押し出した。

僕にとって初めてのパスは兄さんの胸元に収まり、ちょっとだけ爽快だった。

「なかなか良いパス放れるじゃねーか、夏梅」

聞き間違いじゃない。

僕の名前が、兄さんの口からふいに零《こぼ》れた。

「兄さん……」

父親には兄さんとの会話を禁止されていたから、こうしてまともに言葉を交わすのは五年ぶり以上の感覚がある。

まだ両親の関係が良好だった幼少期は僕らもありふれた兄弟だったし、日常的に話せる距離感だったのに。

わだかまりができた今となっては、迂闊《うかつ》に口を開くと兄さんへの憎しみを罵倒として吐き出してしまいそうになる。

「夏梅はオレのことを嫌いだから会いたくなかっただろ？」

「いや……」

「は？　嫌いじゃねーの？」

「……嫌いなんかじゃ済まない。お前なんか大っ嫌いだ」

僕が睨《にら》みつけると、瞳を伏せた兄さんは反論もせずに小さく頷《うなず》いた。

「さすがはオレの弟、そうこなくっちゃな」

　そして、意味深に笑ってみせた。

「オレのせいで家の雰囲気が最悪になったんだし、親父《おやじ》の過度な期待がお前に注がれて不自由な思いをさせたよな。嫌われるのは当然だし、お前に好かれる要素が一つもねえ」

「今さら謝られても……遅いよ」

「いや、謝るつもりはねーさ。自由な偽者になったオレの選択は間違ってなかった」

「そんな嫌味《いやみ》を言うために……僕と会いたかったの？」

「おう、そんなところだ。兄ちゃんは楽しく生きてるよーって伝えたかった」

　こいつは、僕の神経を逆なでする天才なのかもしれない。

　もはや苛立《いらだ》ちを通り越し、ぶん殴ってやりたいほどの憎悪が膨れあがっている。

「お前、夏休みに広瀬と遊んでたんだってな。あんとき逃げ出した子供が夏梅だろ？」

「僕のことを気づいてたんだ……」

「お前と会うのが五年ぶりだったから確証はなかったし、他人の空似かも……と思って声はかけなかったが、オレから露骨に目を背けた姿が懐かしく感じたんだ」

兄さんらしい着眼点というか、僕を知っているからこそ言える台詞《せりふ》だった。

父親の影響で兄さんを忌み嫌っていた僕は、同じ家にいても目を合わせなかったから。

「ここ最近の広瀬はどこか元気がなかったんだよ。さりげなく事情を聞いたら、お前がいきなり逃げ出して来なくなったのをずっと気にしてたらしい」

春瑠先輩が僕らの関係性を知っていた違和感に合点がいった。

その際に僕の名前を聞いた兄さんが、家庭の事情を話したのだろう。

「お前、広瀬のことが好きなんだろ？」

「えっ、あっ……いや……好きというか……僕と遊んでくれるお姉さんみたいな……とにかく好きとかじゃなくて！」

「わっかりやすい反応だなあ。顔が真っ赤じゃねーか」

動揺を隠せない弟は取り乱してしまい、兄さんはけらけらと笑う。先ほどまで煮《に》え滾《たぎ》っていた怒りも、春瑠先輩の顔を思い浮かべた瞬間に心地よい微熱へと変化していた。

「広瀬のどんなところが好きなんだ？　ちょっと話してみろ」

「……嫌だ。兄さんなんかに話したくない」

「ちっ、つまんねーの。兄弟なんだから恥ずかしがるんじゃねえよ」

今さら兄貴面されても腹立たしい。

でも……春瑠先輩が惹《ひ》かれたのはこんなやつで、自由奔放に生きる〝偽者〟が羨ましいといった感情が芽生えたのは否定できないから。

「兄さんのことは大嫌いで……憎たらしいほど羨ましい。僕だって……春瑠先輩にかっこいいところを見せたい！　もっと……あの人と一緒に遊んでいたい！」

抑え込んでいた本音が喉から溢《あふ》れ出ていく。

みっともなく涙の粒を流し、抑え切れない欲求を吐露した。

「どうして兄さんがあの人の側にいられて、僕は許されないんだよ……！　僕のほうが春瑠先輩を……」

――好きなのに。僕のほうが、絶対に。

「兄さんは……春瑠先輩のこと、どう思ってるの？」

「後輩としては好きだし一緒にいると楽しいが、恋愛的に好きかと聞かれたら違うな」

「本当に……？」

「お前にとっての広瀬は大人かもしれねーが、オレから見ればつい最近まで小学生だった子供としか思えねえよ。それに今は恋愛よりバスケを上手《うま》くなりたいんだ」

春瑠先輩よりも四つ年上の兄さんは迷いもせず、そう言い切ってみせた。

「でも夏梅が情けなく引き下がるなら、オレが広瀬を好きになっても文句はないだろ？」

「それは……」

「あの親父が恋愛なんて許すわけがねーし、お前が辿《たど》っていく操り人形みたいな人生に広瀬への恋愛感情は足手纏《まと》いだ。何もする気がないなら、あいつを忘れて――」

「……嫌だ!!」

　淡々と正論で殴り続けてくる兄さんの台詞を遮り、僕は拒絶を叫ぶ。

「僕は……春瑠先輩と遊ぶ日常がほしい!!　かっこいい男になって春瑠先輩に振り向いてもらいたい!!」

　そして、抱えていた感情をすべて曝《さら》け出す。

「兄さんみたいに……僕も〝偽者〟になりたいんだ!!」

　小学六年生の幼稚なわがまま。

　自分を押し殺してきた僕に初めて芽吹いた恋心が、操り人形の人生を否定した。

「ようやく言えたじゃねーか。自分の気持ちを」

　そのときの兄さんは僅かに微笑《ほほえ》んでいた。

　世話のかかる弟を見守る兄の眼差《まなざ》しを、数年ぶりに向けてくれたんだ。

「夏休み中は部活も日中に終わるし、明日からの夕方はオレの自主練に付き合え」

「……どうして？　くだらないことに付き合うつもりなんてない」

「お前もバスケをできるようになれば広瀬の練習相手になれる。バスケでの交流を口実にして、お前らはもっと親密な関係を築けるかもしれねえ」

「スポーツとは無縁だった僕がバスケとか……今さら無理に決まってるでしょ」

「んなもん、やってみなきゃわかんねーだろ？」

適当な思いつきを無責任に言い放つ兄の態度が、さらにイラついた。

「……二度と話したくない。時間の無駄だった」

幻滅した僕は辛辣な台詞を吐き捨てながら踵《きびす》を返そうとするが、

「そうやって逃げたまま、しょーもねえ人生に戻りな。そのほうがお前はラクなんだろ」

「……うるさい」

「自分では何も考えねえ、自分からは何も行動を起こさねえ。そのくせ与えられた環境にはうだうだと不満ばかりなのが今のお前じゃねーか」

黙れ。誰のせいでこうなった。

お前に言う資格などない。僕の人生を否定する権利なんて存在しない。

兄さんの容赦ない煽《あお》りが僕のはらわたを煮えくり返らせていく。

「怖いから逃げるんだろ？　バスケでも恋愛でも大嫌いなオレに負けるからな」

「兄さんに勝てないなんて……勝手に決めつけるな……!!」

「笑わせんなって。お前は勝負の土俵にも立ってねえからオレの不戦勝なんだよ」

芯を食った言い草を投げつけられ、何も言い返せない。

春瑠先輩との日々が欲しいのに、現状を壊す勇気を振り絞れないのは事実だから。

「だけどな……お前が現状を覆そうと頑張れば、ほんの少しくらいは可能性が芽生えるかもしれねえな」

絶妙に調子が狂う。

ふいに兄貴面を零されると、研いだはずの怒りの矛先が錆《さ》びついてしまうから。

僕が憧れる偽者はバスケ部のエース。

バスケをしている兄さんの顔や競技中の躍動感に春瑠先輩が惹かれたのだとしたら、僕は真似《まね》してでも追いかけていきたい。

これでも血の繋《つな》がった兄弟。顔のパーツや体格は似ている。

あとは自分の頭で考え、自分の意思で決断し、自分の足を踏み出せるかどうか。

「大嫌いな兄さんを仕方なく利用してやる」

嫌味混じりの決意表明でも、兄さんは不快感を微塵《みじん》も表さない。

「さすがはオレの弟。良い子ちゃんのふりは今日限りで終わりにしようぜ」

いかにもモテそうな黄金比の顔を柔らかく綻ばせ、兄貴ぶって僕の頭を無遠慮に撫《な》でようとしてきたけれど……僕は小さく首を振り、馴《な》れ合いへの拒絶を示す。

お前と一緒にはされたくない。

大好きな春瑠先輩と大嫌いなお前が結ばれるかもしれない未来を覆せるよう、不格好でも足掻《あが》きたいだけだ。

「親父にバレると面倒だから夏梅はそろそろ帰れ。広瀬にはオレが適当に言っておくわ」

用事は済んだと言わんばかりに、兄さんはボールを放り上げた。

さっさと僕に背を向け、夕焼け色の射光を頼りにシュート練習を再開させる。

「兄さん……」

「んー？　なんだ？」

「もしもの話だけど、春瑠先輩が他の誰かと付き合ったら……兄さんはどう思う？」

「広瀬が誰を好きになろうが、彼氏でも何でもないオレには関係ねえ話だろ」

そう淡泊に言い放ち、兄さんはシュートを打ってはボールを拾う。

「まあ、そうだな——」

だが、兄さんは心なしか嬉《うれ》しそうに口角を上げながら、こう言うのだ。

「可愛《かわい》がっている後輩が……夏梅のことを好きになってくれるのなら、オレは嬉しく思うかもしんねえな」

理想的な放物線を描いたボールがリングを通り抜け、ネットを揺らした。

翌日以降の週二回、夕方の六十分は兄弟が顔を合わせて練習をする時間になり、海沿いのコートでバスケの基礎を教えてもらう。

パス、ドリブル、シュート、ディフェンス……初心者の弟に一から丁寧に解説してくれて、テクニックの見本を目の前で実践してくれた。

「今のお前は入部当初の広瀬にそっくりだから、そのうち上達すんだろ」

「春瑠先輩も最初は下手だったの……？」

「あいつがバスケを始めたのは今年の四月からだしな。居残り練習中にフォーム確認のために撮った広瀬の動画を見せてやろうか？」

あいつには内緒な、と囁《ささや》いた兄さんがスマホで動画を再生する。

『——もお、センパイ！　カッコ悪いところを撮らないでくださいよ〜っ！』

気恥ずかしそうにしているのは練習着姿の初々しい春瑠先輩。

ドリブル中に足のつま先でボールを蹴ってしまったり、不格好なフォームで放たれた力のないシュートがゴールに全然届かなかったりしているではないか。

「部活中の春瑠先輩って……ポニテにしてるんだ」

「そこに見惚《みと》れてんじゃねえよ、アホ」

ポニテを揺らす春瑠先輩に思わず見惚れてしまい、兄さんに呆《あき》れられてしまう。

「これ、自宅でもできそうな自主練メニュー。こっそりやっとけ」

帰り際、兄さんは小さいメモ帳を手渡してくる。

　そこには解説イラスト付きの練習法がびっしりと書き記されていた。

「……わざわざ書いてきてくれたの？」

「まさか。広瀬の居残り練を面倒見るときに書いたやつだよ。もうあいつには必要ねえから夏梅にやるわ」

　春瑠先輩にとって兄さんは理想的すぎる先輩だと思う。

　僕が春瑠先輩に対して敬意にも似た恋心が芽生えたように、春瑠先輩も……なんだかんだで後輩想《おも》いの兄さんに憧れを抱いていても不思議じゃない。

「兄さんはバスケが上手いけどイラストは下手だね」

「うるせえ。広瀬にも同じこと言われた」

　バツが悪そうな兄さんに追い払われ、僕はさっさと帰路に就く。

　対抗心が邪魔をし、素直なお礼は述べられなかった。

　自主練の参考にするのは兄さんが書いてくれたメモ。

　指先で摘《つ》まみ上げたボールを弾《はじ》くように素早く往復させ、左右の指先がボールを捉える感覚を鍛えていく。

　身体《からだ》を中心にして円を描くようにボールを回したり、股の間でボールを8の字に回したり……地味ながらも疲労感が溜《た》まるハンドリング練習をこそこそと継続する。

勉強とはまったく異なる肉体の悲鳴。

　最初のうちは筋肉痛で朝起きるのも辛《つら》かったが、兄さんに借りたボールを触り続けて一週間も経《た》つころには疲労や痛みに心地よい達成感が伴ってきていた。

「夏休みの最終日は予定を空けとけ。いつものバスケコートに広瀬を呼んでおくから、そこでオレと夏梅は１ｏｎ１の試合をやる」

　二人での練習後、したり顔の兄さんはそう提案してくる。

「兄さんに勝てる自信が全然ないんだけど……自分が目立ちたいだけじゃないの？」

「心配すんな。自然な感じで手加減してやっから、お前は思いっきりカッコいいプレイをかましてやれ。夏休みの最終日を飾るのに相応《ふさわ》しくな」

「頭は悪いくせにそういう演出には気が回るんだね」

「粋な演出家だろ？」

「そういう余裕ぶったところも……大嫌いだよ」

「実際、お前に負ける気なんてしねえから。いつか大嫌いな兄貴を実力で見返せるようにせいぜい頑張ってくれな」

　恋敵に手加減されるのも癪《しゃく》だったが、本気を出されたら兄さんの独壇場になりかねないので……悔しさが残りながらも受け入れざるを得なかった。

　こうして逃げ場が塞がれてからは一心不乱。

問題集や参考書を開く時間は顕著に減り、学校でもルールブックを熟読する。

小学校の視聴覚室でパソコンを使う許可を取り、動画サイトで試合の動画を視聴しては選手の動きを研究した。

受験よりも恋心、そして兄さんへの対抗心。

日を追うごとにペンを握る感触が離れ、ざらついたボールが手のひらに馴染《なじ》んでいく。

自らが思い描いた未来を摑《つか》むための行動を起こすたび、操り人形だった人生を塗り替えるほどの充実に満たされる。

春瑠先輩の笑顔を思い浮かべる日々は——色彩豊かに輝いているのだ。

しかし、騙《だま》し騙しの日常が長く続くほど甘いわけはない。

塾で実施される模擬テストの点数が前回よりも大幅に下落し、父親に成績を把握される環境では誤魔化《ごまか》せなくなるのも時間の問題だった。

「成績が伸び悩んでいるどころか、むしろ下がっているように見受けられるが」

「すみません……」

「こんな有様で受験に受かると思っているのか。お前は今まで何をやってきたんだ？」

「すみません……僕の力不足です」

テーブルの上に僕の答案用紙を並べた父親が遺憾の意を遠回しに伝えてくる。

「これ以上、私を失望させるな」

バスケや恋という雑念が充満する思考では高度な勉強など吸収できず、予習復習も自主練に置き換えていたため、ハンドリングの上達と引き換えに学力が低下するのは必然で。

父親が立ち去ったあと、著しく低い点数の答案用紙を握り締めた腕が震える。

中途半端な状況は……もう続けられない。

今後の人生を左右する選択が、すぐそこまで迫っているのを痛感させられた。

夏休みの最終日。

例年なら通常の一日でしかなかったが、今日は大事なイベントがある。

兄さんとの勝負。相手は手加減を公言しているとはいえ、心のどこかでは兄の余裕ぶった発言に苛立《いらだ》っていた。

父親が仕事で不在の時間帯を見計らい、兄さんの無防備な喉元に食らいつくつもりで無人の一軒家を抜け出す。

「いきなり呼び出されたと思いきや、やっぱりバスケするんですねー。待ち合わせ場所が野外コートの時点で深い意味はないってわかってましたけど」

いつものバスケコートに到着すると、すでに春瑠先輩と兄さんが待っていた。

何も聞かされていない不満げな春瑠先輩は清涼感が香るノースリーブのカットソーにプ

リーツスカート姿。部活帰りとは違い、ナチュラルにメイクも施している。

「夏休みの最終日でもバスケ……いや、ワタシはヒマなので良いんですけど、晴太郎先輩はデートの予定もないんですかー？」

「今日は負けられねえ兄弟喧嘩《げんか》があるんでな」

「まーた訳のわからないことを言って、この先輩は……」

「広瀬は兄弟喧嘩の見届け人だからな？　ちゃんと見守っていてくれよ」

「ワタシが頭を悩ませながらお洒落《しゃれ》してきた時間を返してください」

「お洒落してこいなんて一言も頼んでないんだよなぁ」

「意味深に誘われたら一応はお洒落してきます。それがフツーの女子ですがー？」

「さっぱりわからん。制服とかジャージのほうが似合ってんじゃね？」

「そんなことばかり言ってるから彼女ができないんじゃないですかー？」

　仲睦《むつ》まじい夫婦喧嘩のようなやり取りを傍観し、ひっそりと羨む。

　恋人同士じゃないのが不思議なくらいお似合いの二人を見詰めるだけの現状を変える資格があるのかどうかを、確かめるために——

「兄さん、勝負しよう」

　バスケットボールを持ち、歩を進めた僕はコートの中央に立つ。

「春瑠先輩、僕たちの兄弟喧嘩を見ていてください。僕が兄さんに勝ちますから」

「まだいまいち状況を理解してないけど……うん、わかった！　キミを見てる」

「広瀬は夏梅のことを見てろ。偉大な兄に完膚なきまで叩《たた》きのめされるところをよ」

　挑発じみた煽《あお》りを繰り出す兄さんと対峙《たいじ》する。

　悪意じゃない。この人は、僕を奮い立たせようとしている。

　この兄弟喧嘩に邪魔者はいない。

　たぶん、お互いにそう思っていたのに。


「私をこれ以上失望させるな、と言ったはずだ」


　近くに停車した海外メーカーの高級車から降りてきたのは、眉間に深いシワを刻んだ中年の男性……僕と、そして兄さんにとっての父親だった。

「父さん……どうしてここに……？」

「最近の成績不振がどうにも不可解でな、お前のリュックにＧＰＳを入れておいた。まさかこんなところで油を売っていたとは思わなかったがな」

　父親が提示したスマホ画面にはマップが表示されており、僕の現在地が丸いカーソルで示されている。

「大人を甘く見るんじゃない」

「父さん……僕は！　今日だけだから……今日だけは許して！」

「言い訳は家に帰ってから聞く。帰るぞ」

その場しのぎの安直な喚《わめ》きは掻《か》き消され、憤怒《ふんぬ》が込められた強い力で腕を掴まれてしまう。引っ張られた腕が軋《きし》み、表情が歪《ゆが》むほどの痛みが生じる。

小学生の腕力では振《ふ》り解《ほど》けず、そのまま車のほうに腕を引かれていくしかなかった。

僕に選択肢なんてなかったのか。

監獄から脱走した罪人が連れ戻されるかのように、僕は自由から遠ざかっていく。

「相変わらずの自己中野郎だなぁ、クソ親父《おやじ》」

汚い言葉を浴びせられた父親は厳格な眼差《まなざ》しを崩さず、僕の手を放しながら踵《きびす》を返す。

「……しばらく会わんうちに、ふざけたことを言うようになったな。自己中心的な行動で家庭を壊す原因になったのはお前だろう？」

「そういやそうだったわ。そこだけはクソ親父に似たんだろうなぁ」

「軽々しく父親と呼ぶんじゃない。お前とは親子の縁を切っているのだから」

「耳まで悪くなったかぁ？　父親じゃねえ、クソ親父って言ってんだよ」

禍根が残る兄さんと父親のあいだに緊張が走り、僕の喉まで干上がっていく。

「くだらない人生を浪費する負け組になり果てただけならまだしも、夏梅まで道連れにしようとするとはな。お前と夏梅は違う。私の息子は〝本物〞としての未来があり、お前は容姿が似ているだけの〝偽者〟でしかない」

「はあ、毎度毎度同じような台詞《せりふ》を。こちとら聞き飽きてんだよ、バーカ」

「晴太郎!!」

棘《とげ》を忍ばせる兄さんの態度に激高し、鬼の形相で詰め寄った父親が胸ぐらを摑む。

ふつふつと思い出す。

かつて……家庭で衝突していた親子の口論を。日常茶飯事だった怒号の応酬を。

「そこに……夏梅くんの意思はあるんですか？　親として……尊重はしてるんですか？」

「夏梅に意思なんて必要あるわけないだろう。君が誰かは知らないが、晴太郎と交流している程度の人間が私の教育に口出しするんじゃない」

思わず苦言を呈した春瑠先輩に対し、強い言葉を並べながら見下して否定する父親。

操り人形でしかない僕は、ただ押し黙ることしかできなかった。

今にも脆《もろ》く泣き出しそうな人を庇《かば》うことすら……できない。

「おい」

だが、兄さんの雰囲気は変わった。

胸ぐらを摑んでいた父親の手首を握り、類まれな握力で締め上げている。

「オレのことはいくら見下してもいいけどな……弟の意思を否定するんじゃねえよ」

「は、放せ……！」

「そんでもってな、一番可愛《かわい》がってる後輩を泣かせてんじゃねえ……ぶっ殺すぞ」

明確な憤りによる反抗。

痛みに耐えかねた父親は表情を歪めながら手を振り解き、一歩二歩と後ずさりした。

「帰るぞ!!」

再び僕の手を引いた父親によって車に連れ戻される。

束《つか》の間《ま》の兄弟喧嘩も、僕の初恋も、これで終わり。

そう諦観していた僕に兄さんはこう言い残した。

勝負はお預けだな、と。

まるで次の機会があるみたいに、兄貴面しながら微笑《ほほえ》んでいたのだ。


連れ戻された僕は自室に閉じ込められ、一切の外出を禁止された。

いつも通りの一人ぼっち。感情が揺さぶられるようなイベントが起きるはずもなく、ただただ通り過ぎていくだけの日でしかない。

必要最低限のものしかない部屋は無音に近く、恐ろしいほどの静寂。

何も心が動かず、何も感じないはずだった。

「春瑠先輩に会いたいな……」

自室の窓に映るのは夜に覆い隠された町並み。

それを眺めながら呟《つぶや》いた小さな願いが、どこかに届くなんて思っていなかった。

「ようっ！　数時間ぶりだな、夏梅ぇ」

「っ……!?」

咄嗟《とっさ》に口を押さえ、漏れそうな悲鳴を呑《の》み込む。二階ベランダの外側からひょっこりと顔を出した兄さんと窓越しに目が合い、腰を抜かしそうになった。

「うえーい、真夏のサンタだ」

……などと名乗る不法侵入者の上半身はラフなTシャツにヘルメット、バイク用のゴーグル。どう見ても季節外れのサンタではない。

「とりあえず窓を開けろ。クソ親父に気づかれないようにな」

「う、うん……！」

一階には父親がいる。

お互いに最小限の声量で言葉を交わし、僕は窓を静かに開けた。

「ここ二階なんだけど、どうやって……？」

「この家はオレも住んでいたからな。脚立の保管場所も知ってるに決まってんだろ？」

庭の物置にあった長い脚立を無断で拝借した兄さんは、それをベランダに立て掛けて密《ひそ》かに登ってきたらしい。

「これから夏梅はどうしたい？」

「えっ……？」

「お前が望むなら、今すぐここから連れ出してやる。母さんのところで一緒に暮らしながら夏梅の自由に生きればいい」

　ふざけた冗談ではなく、夜空の下で脚立に立つ兄さんの瞳は真剣だった。

「側《そば》に広瀬がいる人生がほしくないのか？」

　その誘い文句は卑怯《ひきょう》にして最強だ。

　僕の意思はもう——決まっているから。

「ほしい。春瑠先輩と同じ中学で……同じ青春を過ごしてみたい」

「よし、決まりだな。さっさと準備しろ」

　最低限の私物をリュックに押し込み、脚立を使って庭に降りる。

　一足先に降りていた兄さんは家の前に停《と》めていたバイクへ跨《またが》り、手招きされた僕も後部席に慌てながら乗った。

「晴太郎、夏梅！　何をしているんだ！」

　さすがに一連の物音で気づいたのか、玄関から外に出てきた父親に発見された。

「ラビちゃん、老け込んでる場合じゃねえぞ！　早く起きろ！」

　ラビちゃんという愛称はさておき、兄さんはキックペダルを何度も踏みつける。ようやくエンジンが始動した瞬間、静まり返っていた周囲に軽快なエンジン音が響いた。

「振り落とされたら痛《いて》えからな！　しっかり摑《つか》まってろよ！」

「うん！」

バイクを急発進させた兄さんの背中にしがみつく。庭まで追いかけてきた父親を寸前のところで振り切り、蒸し暑い夜道へ置き去りにした。

「お前が閉じ込めていた息子はもらっていくぜぇ～。じゃあな～、クソ親父ぃ～」

軽口を叩き、ひらひらと手を振る兄さん。

上半身だけを振り返らせた僕は、次第に離れて小さくなっていく父親の姿を見詰める。

「父さん、ごめん！　僕は……自分の人生を好きなように生きてみたい！　だから、ちょっとだけ家出してくる！」

僕の声が届いたのかはわからないけど、父親は……父さんの口は固く結ばれていた。

見限ったような表情の奥に垣間見《かいまみ》える一抹の寂しさ。

静かに立ち尽くす父さんの顔には、そんな二つの色が混ざっていたような気がした。

こうして僕は初めての家出をした。

いつかまたここに帰ってくるのだろうかと、子供ながらに思い耽《ふけ》りながら。

五十キロ前後の速度で立ち向かう八月の夜風は未知の快感だった。

家からの脱走という非日常により火照った身体《からだ》を向かい風が冷ましてくれる。

「兄さんは……どうして僕を気にかけてくれるの？」

内心は興奮冷めやらぬまま、最大の疑問を僕は問いかけてみた。

「んなもん、オレの弟だからに決まってんだろーが」

「五年も音沙汰がなかったから、僕のことなんてとっくに忘れてるのかと……」

「両親が別居してからもお前を忘れたことなんて一度もなかったぞ。ただ、親父と絶縁したオレが夏梅に近づくのはどうしても躊躇《ためら》われたんだ。今回みたいに親父がブチ切れて、お前が辛《つら》い目にあうかもしれねえから」

兄さんは見捨てて逃げたわけじゃなかった。家族を壊した自分が遠くに離れることで、どうにか弟の平穏だけは維持しようとしていたのだ。

「でもな……お前が自分の意思で進みたい道を見つけたときには、兄貴として応援してやろうと決めてた。だから……広瀬からお前の話を聞いたときはホントに嬉《うれ》しかった」

「……嬉しかったの？」

「そりゃあ嬉しいだろ。親父の言いなりで友達も作らずに勉強しかしてなかった弟が、いつの間にか好きな相手を見つけて遊んでるんだから」

「でも、その人が好きなのは僕じゃなくて……」

それ以上の言葉を紡ぐのは躊躇《ちゅうちょ》した。

こんなところで僕が言うのは絶対にルール違反だから。

「春瑠先輩と同じ中学に入って本格的にバスケをやる。いつか兄さんを越えたとき、あらためてあの人に告白したい！」

「おもしれえ。それまでは兄弟喧嘩《げんか》の勝敗をお預けにしてやるから、オレに勝てる自信がついたら勝負を挑んでこい！」

「僕は本気だからね。春瑠先輩の前で恥をかかせてやる！」

「誰に似たんだか口だけは達者だなぁ。完敗して泣くのは夏梅のほうだっつの！」

お互いに言葉で殴り合い、地元の夜道を二人乗りのバイクが疾走する。

恋敵としては目障りで大嫌いだけど、バイクを運転する後ろ姿に憧れを抱いてしまってもいいのだろうか。

なりたい、兄さんみたいに。

いつか、かっこいい偽者に。

そう思いながら見上げた夏の星空は、この世で最も綺麗《きれい》だった。

＊＊＊＊＊

僕は母さんの実家で暮らし始め、木更津の中学に進学した。

バスケ部に入部し、同じ体育館で練習する春瑠先輩と仲良しという最高のスタートを決めた学校生活だが人付き合いは圧倒的に不慣れ。

しばらくは友達もいなかったけれど……部活帰りに春瑠先輩とコンビニや定食屋へ寄り道したり、休日は一緒にバスケをするみたいな充実感を何度も味わえた。

兄さんと春瑠先輩が過ごす青春を遠目から羨み、たまに青春の切れ端を分け与えてもらっていただけだとしても、密かに恋人気分の僕はそれでよかった。

だが——高校三年生になったばかりの兄さんが突然、バスケをやめた。

バスケ部をウインターカップ全国ベスト8まで導き、今年こそは……と期待した者も多い中での不可解な退部だった。

「もう限界までやりきったし燃え尽きた！　これからはもっと友達と遊びてえなー」

兄さんは周囲に燃え尽き症候群を匂わせ、未練の欠片《かけら》もなさそうにサバサバしながら帰宅部としての新生活を送り始めていた。

あれだけ自主練を欠かさなかった人が放課後は遊び歩いたり、美容専門学校へ進むための学費を貯《た》めるためにバイトをしたり。

憧れた理想像から外れていく姿を身近で感じ、僕は歯痒《はがゆ》く思った。

「晴太郎先輩が決めたことだし、ワタシが口を挟むことじゃないと思う。将来の夢を見つけたり、他にやりたいことができたんなら仕方ないんじゃないかなー」

中二の夏、部活の帰り道。

春瑠先輩は苦笑いしながら受け入れていたが、海沿いのバスケコートで自主練する人の影や音がなくなってしまい、立ち寄るたびに物悲しい表情を浮かべる。

「兄さんに会えなくて寂しくないですか？」

「高校三年生は進路とか思い出作りで忙しいでしょ？　邪魔しちゃ悪いからさ……」

「春瑠先輩は……兄さんにバスケを続けてほしかったんですよね」

「まあね。気持ちを切り替えなきゃいけないと思ってるんだけど、あの人がいない夏は久しぶりだから……まだ慣れないなぁ」

僕にとっては好都合なはずなのに、どこか元気がない春瑠先輩を見ていたくなかった。

この人はもっと笑顔が素敵で明るい声音が可愛《かわい》らしいのに。

自分は偽者の代役すら演じられていない事実だけが残り、狂おしいほど悔しかった。

そのうちまごころ広場にバスケコートが新設され、海沿いのコートには行かなくなった。


結局、中学では関東大会進出が最高成績に終わってしまう。

部活メンバーや顧問に直接言われたことはないものの、兄さんと僕の成績を比べるような雰囲気は感じていた。

白濱晴太郎がいたころは全中に進出した、もっと強かった……と。

破裂しそうな劣等感を押し殺し続けた僕は、春瑠先輩と同じ高校へ進学。もう一度だけ過去の兄を目標に足掻《あが》いてみることにした。

バスケでも恋愛でも勝てないなんて意地でも認めたくなかったから。

一方の兄さんは専門学校を卒業し、東京の美容室にアシスタントとしての就職が内定していた。

兄さんが上京する日。

「オレは新しいバイクを買うからラビちゃんは実家に置いてくわ。免許を取ったら広瀬を後ろに乗せてデートにでも行ってこい」

「デートするような間柄じゃないけどね……」

「んだよ、まだ何も進展してねーのか。そんなんじゃ先輩後輩以上の関係になれねーぞ」

自宅の庭でラビットを整備していた兄さんから、それを譲り受けた。

手袋を黒く汚しながら部品を交換し、鉄の車体を丁寧に磨いた愛車……半世紀以上前に製造されたバイクとは思えない極上の仕上がりだった。

「……ありがたく使わせてもらうから」

「おう、まだまだ走れるからよ。ぶっ壊れるまで乗り回してやってくれ」

整備士のようなツナギ姿の兄さんは工具の先端をこちらに向け、白い歯を見せる。

兄としては尊敬されていないのを知っているくせに、この人は『弟を可愛がる兄貴面』をやめなかった。

「もし、まだ時間があったら……ちょっと付き合ってほしい」

「電車の時間まではヒマだが、どこに行くんだ？」

「海沿いのバスケコート」

提案の意図を悟り、兄さんは静かに応じてくれる。

就職する兄さんは木更津に帰ってくる機会も稀《まれ》になり、連絡もほとんど取り合わなくなるだろう。停戦していた兄弟喧嘩に白黒つけるラストチャンスだと思ったんだ。

海沿いの野外バスケコートで兄弟が対峙《たいじ》するのも久しい。

最初の対決は父さんのせいで持ち越しとなり、その後は兄さんが唐突にバスケをやめ、ここに姿を現さなくなったから。

「三本先取の１ｏｎ１で勝負しよう。僕が勝ったら……春瑠先輩に告白する」

「お前が負けた場合は？」

「美容師もどきに勝てないようなら告白する資格がない。きっぱりと諦めるよ」

「おいおい、言ってくれるねえ」

挑発ではなく事実を述べたままでだった。

こいつが部活をやめてから、すでに三年以上の歳月が流れている。

「オレは全力で勝ちにいってもいいんだな？」

「もう、あのころの僕じゃない。本気の兄さんを倒したいんだ」

追いかけていたのは三年前までの兄さんであり、帰宅部や専門学生として遊《あそ》び呆《ほう》けていたやつではない。現役でレギュラーの自分が負けるわけがない。

試合直前までは、そう思い上がっていた。

最初に対峙したとき、緩やかなドリブルからのクロスオーバーであっさり抜き去られたことで本能的に悟った。

この人には何年かかっても勝てないと。

視線のフェイクにつられた一瞬の隙、そこで一気に切り込まれる最高速のドライブ。

前後左右に翻弄され、腰を落としたシュートモーションに騙《だま》される。ディフェンスのために爪先が浮いた僕を嘲笑《あざわら》うかのようなポンプフェイク。止める術《すべ》がない。

一秒未満の攻防。脳が焦りを感じたときにはもう遅く、鋭利なステップインで華麗に僕を抜き去った兄さんは鮮やかなジャンプシュートを放ち、ネットを揺らす。

いつもより身体が重い。足の動きが鈍い。反射神経が遅い。

違う。僕が下回っているだけ。

重心が低い兄さんの速さに感覚が追いついていない。追いつけない。

自分の呼吸音が、激しく耳障りだ。

二本腕の網を掻《か》い潜《くぐ》るようにゴール下へ潜り込まれ、一瞬の油断を見透かされた途端に美しいバックスピンの放物線がリングを通り抜ける。

　圧倒されていた。

　こっちの攻撃は短く、向こうは長い。瞬く間にシュート二本を決められた僕は表情を厳しく歪《ゆが》め、滝のような汗を滴らせながら敗北を待つだけ。

だが――決した勝敗は真逆だった。

呆然《ぼうぜん》と立ち尽くす自分は息を切らし、すぐに受け入れられない。

　僕が得意だったコーナースリーを決めたのを皮切りに、シュート三本を先取したのは白濱夏梅だということを……直視できない。

「いやー、途中までは勝てると思ったんだけどな。さすがに三年のブランクがあると体力が持たなかったわ！」

　あっさりと敗戦の弁を語る兄さんだったが、試合が進むにつれて運動量が明らかに落ちたのは間違いない。……いや、この人は意図的に落としていた。

「……僕が初心者のときとは状況が違うでしょ。手加減なんて頼んでない」

「手加減なんてしてねーよ。全力で勝ちにいった結果……夏梅が勝った。それだけだ」

「兄さんがバスケしている姿をずっと見てきたんだ。さっきのは全力じゃないよね」

「……さあ、どうだろうな」

「そういう余裕ぶった態度も嫌いだけど、僕は兄さんみたいになりたかった。優秀な〝本物〟だと持《も》て囃《はや》されても、好きなように生きる〝偽者〟を羨ましいと思ったのに――」

　湧き上がる憤怒《ふんぬ》の衝動を抑えられない。

「どうして……春瑠先輩が好きだった兄さんの姿から離れていくんだよ……!!　真似《まね》しているだけの僕なんかじゃ……兄さんの代わりにはなれないから……」

　そこはかとない悔しさが溢《あふ》れ、ぶつけようのない不甲斐《ふがい》なさが渦巻いていく。

「オレは好きなやつがいるからなー。どっちにしろ広瀬とは付き合えねえ」

「恋人がいるの……？」

「いーや、オレの片思い？　どうなんだろ？　ま、そういうこった」

　はぐらかしているのか、疑問符を浮かべたように喋《しゃべ》る兄さん。恋心が透けて見える春瑠先輩の気持ちをやんわり受け流すためのウソでしかないと……僕は感じた。

「春瑠先輩のとなりには……やっぱり兄さんがいてくれないと……」

　燻《くすぶ》り続けていた劣等感が涙となって汗に溶ける。

　先輩に必要なのは偽者を模倣する劣化コピーじゃない。

　本物の偽者である兄さんなのだから。

「……だからお前らから離れなくちゃいけねえんだよな」

　兄さんは小さな呟《つぶや》きを吐息に混ぜた。

「夏梅がオレの代わりになる必要なんかねえだろ」

「えっ……？」

「お前はオレになれねえし、オレだってお前にはなれねえ。兄弟とはいっても生きかたを真似たところで同じ人間にはならねえんだ」

「そんなことはわかってるけど……それしか方法が思いつかなかったから……」

「お前が追《お》い縋《すが》っていた白濱晴太郎はバスケ部をやめたときに消えた。これから先の人生は不出来な偽者の後追いなんかじゃなく……夏梅の意思で選択してみ？」

　電車の時刻が迫ったのか、兄さんはこちらに背を向けて出口のほうへ歩き出す。

「とっくに勉強も諦めて、春瑠先輩にも好きになってもらえなくて、バスケですら劣っているやつは……これからどうすればいいのかな……？」

「いつまでも世話のかかる面倒な弟だなぁ、ほんとに」

「教えてよ……兄さん!!」

　遠ざかっていく兄の後ろ姿を引き止め、叫んだ。

「いつか、オレが連れて行けなかった場所に広瀬を連れて行け。寂しがりやの広瀬とたくさん遊んでやれ。オレでは不可能な人生をお前は歩んでいけ」

　振り返った兄さんは悪ガキのように笑み、去り際にこう言うのだ。

「白濱晴太郎の偽者としてじゃなく、本物の白濱夏梅を好きになってもらえ」

それが兄さんと過ごした最新の記憶。

そして、最後に交わした兄弟の会話となった。

第五章　僕たちはずっと前からお似合いじゃなかった

兄を模した幻と邂逅《かいこう》した日から数日後。

大学の期末テストに注力するため東京に戻った春瑠《はる》先輩とは、あれから会っていない。

ＳＮＳの更新も大学生活やテストへの愚痴が中心になり、木更津《きさらづ》の風景をアップすることもなくなったのだが……それが逆に不安を煽《あお》った。

もう杞憂《きゆう》では済ませられない。

気怠《けだる》い暑さが続く七月中旬のホームルーム中、スマホのアプリに表示されたメッセージを何度も読み返し、人差し指でスクロールしては頭を悩ませる。

お互いの予定をすり合わせ、先輩と遊びに行く日が決まったやり取りだ。

予定日は先輩がテスト明けの八月初め。

もしかしたら、この日の初デートで何かが起きるかもしれない。

僕の片思いが拒絶されたら、そのときは――

ダメだ……考えごとが錯綜《さくそう》し、思考が鈍りまくっている。

僕の高校は今日から期末テスト。

様々な出来事が重なったせいでテスト勉強が捗《はかど》らず、捨て試合みたいな低いモチベーションのままテスト初日が呆気《あっけ》なく終わってしまった。

午前中で下校できるのは嬉《うれ》しいのだが、すぐに帰宅したとしても明日以降に備えたテスト勉強に集中できる気がしない。

校門のほうへ進んでいた爪先を方向転換し、ふらりと体育館を覗《のぞ》いてみたが……ただ広くて蒸し暑いだけの無人な空間でしかなかった。

「まあ、いないよな……」

テスト期間中は部活が休みになるうえ、午前で終了する日は昼休みもない。うだうだと一人で考えるのも疲れ、最も身近な後輩と少し話せたらと思ったのに……。

「うい～、お疲れさあああああああああああああああん！」

億劫《おっくう》な考えごとが吹き飛ぶくらいのダルーい絡みが、突然の衝撃と共に背後から振りかかってくる。

気配を消して背後から近づき、体当たりするように背中へ飛びついてきたのだろう。

「うい～、お疲れさーん……じゃあないんだよ。おっさん臭いわ」

「え～？　それじゃあ、なんて労《ねぎら》えば少年くんは嬉しいんですかぁ～？」

「後輩なら『お疲れさまです、夏梅《なつめ》センパイ！　今日もかっこよかったです！』とか」

「はっはっは、冗談きついですわぁ。思春期少年くんの痛い妄想に付き合ってられないですわぁ。さっさと帰ってアメちゃんでもペロペロ舐《な》めてくだしあ～」

くっそ殴りたい、このムカつく嘲笑の顔面を。

「野生のタヌキに襲われたって通報するべきか」

「野生のタヌキ？　野生のＪＣですが？」

「野生のＪＣって捕獲できる？」

「わたしを捕まえたいだなんてぇ～何するつもりですかぁ？　えっちだなぁ～少年は」

「ジビエ料理にしてみたい」

「くたばれクソガキ♪」

あどけない中学生に笑顔でクソガキ呼ばわりされると泣きそうになるよねえ。

元気な小悪魔の正体は海果《うみか》だった。

周辺は人気《ひとけ》がないので海果と話していても悪目立ちしない。不可思議な季節が訪れている者にしか見えないのをいいことに、不法侵入の常習犯になっているようだ。

「わたしのアイドリングトークはお気に召しましたか？」

「もしかして……お前なりに気を遣ってたのか」

「どうでしょう。これで少年の気持ちが少しでも前向きになれば、とは思ったかもです」

「悩んでいるのがバカらしくはなった」

「それなら、なによりですねぇ」

海果を知っていくほど距離感に戸惑い、わからなくなる。

厄介者として恨んでいいのか、一応は味方として頼っていいのかを。

「春瑠姉さんだけじゃなく、夏梅少年も陽炎《かげろう》と邂逅しましたよね」

お遊びはここまでと言わんばかりに、声音を落ち着かせる海果。

「ああ……景色を揺らす陽炎をはっきりと見た。あれは気のせいとか見間違いじゃない」

「陽炎が濃くはっきりと見え出したときは症状として末期……季節の終わりが近い兆候です。春瑠姉さんも、そして夏梅少年も」

「なんとなく……そんな予感はしてたよ」

「次のデートが想《おも》いを告げる絶好の機会です。裏を返せば、止まっている片思いを動かせる最後のチャンスになるでしょうねぇ」

「僕の告白が春瑠先輩に拒絶されて、兄さんの陽炎を追い求めてしまったら……」

「亡き人の幻が差し出す手を取った瞬間、春瑠姉さんは自ら死にます」

海果が発した強い言葉が棘《とげ》となり、不安定な心を搦《から》め捕《と》られる。

「ちなみにデートプランは考えてあるんですかぁ？」

「恥ずかしながらデートは生まれて初めてなんだよ……。春瑠先輩とは何度か遊んだり下校途中に寄り道したことはあるけど、それは仲良し姉弟《きょうだい》みたいなノリだったから」

「まあ、そんなことだろうと思ってました。ピュアピュアな少年くんのために海果ちゃんが女子目線の青春スポットを教えてあげますかなぁ～」

バカにした顔が腹立つけど、参考になりそうなので怒る気にはなれない。

「西口の木更津そごうでショッピングして～、回転寿司やまとでお昼を食べて～、富士見《ふじみ》通りのムービーランドか木更津東映で映画を観て～、木更津セントラルでボウリング・ビリヤード・卓球・ゲーセン！　デートの締めは江川《えがわ》海岸の草っぱらでキャッチボール！　わたしだったら嬉しいデートプランはこんな感じでーす！」

「真面目に聞いた僕がバカだったよなぁ」

「絶対に参考にしろよクソガキくん♪」

「よくわからない場所ばかりで参考にならないよタヌキちゃん」

「タヌキじゃなくてイルカ……まあ、どっちでもいいですけど！　お助けタヌキちゃんの言うことには素直に従いましょーっ♪」

　お助けタヌキちゃんを演じる海果から背中を叩《たた》かれるように押し出され、僕は体育館の前から校門のほうへ数メートルほど歩を進める。

「キミの幸運を祈ります。がんばれ、少年！」

　ちらりと顔だけ振り返ったときには、もう海果の姿は消えていた。

　もうすぐ正午。気温は三十度近くだろうか。

　学校で海果と別れたあと、地元の町を少し歩くだけでワイシャツがほんのり湿り、肌着が薄《うっす》らと透けるような青い夏空。

　帰路の途中にある矢那川《やながわ》の富士見橋が視界に入り、橋の欄干側へ控えめに立つ制服姿の女子とがっちり目が合った。

「……ずいぶんと早いお帰りですね、夏梅センパイ」

物静かな佇《たたず》まいで僕の名を呼ぶのは、一つ年下の冬莉《とうり》だ。

「テスト期間で早く帰れるのはお互い様だろ。もしかして僕のことを待ってた？」

「……センパイが寄り道せずにテスト勉強するかどうか、ちょっと心配だったもので」

「他人のテストより自分の心配をしてほしいものだな」

「……御心配には及びません。去年のセンパイよりは成績が良いと思うので」

お節介な後輩は二年生の中でも上位の成績を誇る。

冬莉は僕のとなりに並び、同じ方向へ歩き始めた。

「もしかして、春瑠センパイと何か進展がありましたか？」

富士見橋を渡り、八剱《やつるぎ》八幡《はちまん》神社に沿うみまち通りのレンガ道に差し掛かったあたりで、冬莉がデリケートな話題を容赦なくぶっこんできた。

「いや、特には……」

「……ありましたね。センパイはわかりやすいですから」

嘘《うそ》をつくときの癖とやらを見抜かれているらしく、冬莉には下手に嘘をつけない。

「いろいろと進展はあった……かな」

「……カマをかけてみただけでしたが、本当に進展があったとは思いませんでした」

「それはズルいだろ……」

やられた。ひょうひょうとした態度でカマをかけてくる計算高さよ。

「……夏梅センパイは素直ですね。そういうところ、ちょっと可愛《かわい》いかもしれません」

「後輩に『可愛い』って言われる先輩って情けなくないか？」

「……何を今さら。センパイが情けないヘタレなのは昔からじゃないですか」

口元を押さえて微笑《ほほえ》む冬莉の声色は、心なしか弾んでいるようにも聞こえた。

「……それで、どこまで進展したんですか？」

「八月に二人きりで遊びに行くことになった」

「……春瑠センパイと二人で遊ぶのは初めてじゃないですよね？」

「これまでは部活の先輩後輩とか仲良し姉弟みたいなノリだったけど、今回は初デートのつもりで誘ったんだよ」

「……そうですか」

「春瑠先輩に告白しようと思ってる」

付き合いの長い冬莉だからこそ、僕は素直に打ちあけた。

「冬莉？」

冬莉は数秒ほど口を結び、なぜか押し黙ってしまう。

緩やかに立ち止まってしまい、つられた僕も歩くのをやめた。

「……作戦会議をしましょう」

「えっ？」

「……夏梅センパイの片思いが実るように、初デートのアドバイスをしてあげます」

「急にどうしたの？」

「……いや、センパイが急に告白とか言い出したからじゃないですか」

瞳の奥に動揺の色を感じさせながらも、すぐにクールな澄まし顔を取り繕った冬莉は再び前方へ歩き出し、僕を追い越しざまに横目で視線を送ってくる。

「……とりあえず、ゆっくり話せるような場所へ行きましょう」

「寄り道せずに帰るか様子を見に来たやつが寄り道に誘う状況ってどうなのよ？」

「……今さら勉強したところでセンパイの頭脳が劇的に改善するわけじゃないですし」

なんか辛辣なことを言われている気がする。

早歩きでさっさと先導する冬莉を追うように僕も歩幅を広くした。

「……私も気分転換したかったところなので、ちょっと付き合ってください」

「どこに？」

「……そうですね、まずはお昼ご飯でも食べましょうか」

「昼時だから確かに腹は減ったよな」

「……もちろんセンパイの奢《おご》りで」

「うん、帰ろう」

「……久しぶりにポークソテーライスが食べたい気分ですね」

「先輩と飯食いに行けば奢ってもらえると思うなよ」

「……それが後輩の特権なので」

　奢りという単語に怯《ひる》んだ僕の制服を冬莉が後ろから鷲摑《わしづか》みにし、逃げられなくなった。

「……夏梅センパイ、ごちそうさまでした」

「はい、どういたしまして」

　いったん自宅に立ち寄り、バイクの二人乗りで大衆食堂とみに足を運んだ僕たちは昼食のポークソテーライスを堪能させてもらった。

　濃厚な甘辛い肉で白飯を食らう至福さと厚切りなボリューム感の相乗効果で大満足なのだが、二人分の代金を当然のように奢らされてしまう。

「……おススメのデートスポットがあるんですよ。そこの下見をしましょうか」

「お前、めっちゃ遊ぶ気満々じゃない？」

「……いえいえ、テスト勉強を後回しにして仕方なく付き合っているだけですから」

　ラビットの後部座席に率先して腰掛けた冬莉を乗せ、メインの目的地へ向かう。

　冬莉に案内されたのは、アウトレットパーク木更津に隣接した『かんらんしゃパークキサラピア』だった。

遠目からでも存在感を放つ巨大な観覧車が目印であり、夜になれば色鮮やかにライトアップされる入園無料の遊園地。

数年前にオープンしたころから名前は知ってはいたけど、実際に訪れるのは初めてだ。

「……ここで一度は遊んでみたかったんですよね」

「やっぱりお前が遊びたかっただけだよな？」

「……いえいえ、これも夏梅センパイのためなんですよ？」

駐車場でバイクから降りた途端、冬莉は軽い足取りのままキサラピアに入っていく。

部活で忙しい冬莉にとって放課後にゆっくり遊ぶ機会はあまりなく、その反動でテンションが上がっているのかもしれない。

「……センパイ、観覧車に乗りながらデートプランを話し合いましょう」

「観覧車に乗りながら話す必要はあるのだろうか」

「……一度くらいは女の子と観覧車に乗る経験をしておいたほうが、春瑠センパイとのデートを上手にリードできるかもしれませんよ？」

「そりゃあ、まあ……まともなデートの経験なんてないけどさ」

「……何事もまずは経験です。ということで、観覧車の料金は二人分です」

したたかな後輩だなぁ。まーた奢らされた。

平日の昼間なので他の客も少なく、待ち時間はほとんどなし。

ゴンドラにすんなり乗った僕と冬莉は向かい合うように座り、遠ざかっていく景色を眺めていた。むず痒《がゆ》い空気感が……狭い密室に充満する。

部活帰りに二人で飯を食べたり海浜公園に寄るのとは異なるシチュエーションだから、お互いに相手の出方を窺《うかが》ってしまう。

「……それでは、女子と初めて観覧車に乗った感想を聞かせてください」

「東京湾とアクアラインを望む景色が綺麗《きれい》だ」

「……夏梅センパイがモテない理由が凝縮されていますね」

「それじゃあ、どう言うのが正解なんだよ？」

「……東京湾の景色よりもお前のほうが綺麗じゃん、とか」

「それを僕が言ったら女子は喜んでくれるの？」

「……想像したら気持ち悪くて震えが止まりません」

ひどいよなあ、これは。泣ける。

「……観覧車が一周してしまう前に本題へ戻りましょう。告白をするからには雰囲気作りも大切だと思いますが、夏梅センパイはデートプランを考えているんですか？」

「知り合いの女子に教えてもらったプランは『西口の木更津そごうでショッピング、回転寿司やまとで昼食、富士見通りのムービーランドか木更津東映で映画鑑賞、木更津セントラルでボウリング・ビリヤード・卓球・ゲーセン、デートの締めは江川海岸の草っぱらでキャッチボール』みたいな流れなんだけど、どう思う？」

「……どこの女子に教えてもらったんですか？」

「自称イルカのタヌキちゃん」

「……ちょっと何を言ってるのかわかりませんが、やまと以外のお店はとっくに閉店しているところばかりじゃないですか。木更津そごうもスパークルシティに変わっています」

「だよなぁ。聞いた覚えのない店ばかりだったし」

「……木更津セントラルだった場所はもう更地になっちゃいましたからね。いつもの海浜公園もレストランやカフェが新設される計画があるみたいですよ」

「どんどん変わっていくんだな。町の姿も、僕たち自身も」

子供のころにあったものが消えていき、なかったものが新しく作られていく。

恋愛と同じ。新しい恋が始まると、古い恋は廃れて消えていく。

「……時間が経《た》てば変わっていくものは多いですが、変わらない気持ちもあります」

「僕もずっと変わっていないけど、変えようと試みる勇気もない。身体《からだ》が成長しても……気持ちを押し殺して現状維持を続けてる」

冬莉の気持ちを読むことはできないけど、僕の片思いはずっと変わらない。

初恋が実らずに新しい恋が始まるのがありふれた恋愛の形だとしても、僕は――初恋に魅了されたままだ。

「でも……初恋から目を背けるのが許されなくなった。動き出さなきゃいけないんだ」

「だから夏梅センパイは……告白するんですか？」

「ああ、持ち越していた兄弟喧嘩《げんか》の決着をつけてくるよ」

円を描きながら上昇していたゴンドラが頂上付近に差し掛かり、深く息を吐いた冬莉は思い耽《ふけ》ったように東京湾の風景へ視線を逃がす。

「……背伸びしたプランを考えなくても、普段通りの夏梅センパイでいいと思います」

「それだと後輩とか弟みたいな距離感のままじゃない？」

「……それが夏梅センパイらしさ、じゃないですか。可愛がってる後輩にしか見せない表情があるはずです。それは、あなたのお兄さんでは引き出せない特別な感情なんですよ」

冬莉は僕を真っすぐに見据え、心強く励ましてくれる。

「……アウトレットパークで服でも買って、活《い》き活き亭で海鮮でも焼いて、最後は富津《ふっつ》岬《みさき》で告白する……そんな飾らないデートのほうが学生らしくて素敵じゃないでしょうか」

「そのプラン、そのまま真似《まね》してもいい？」

「……どうぞ、ご自由に。お昼ご飯と観覧車代を奢ってくれたお礼です」

本当にありがたい存在。

最も身近な頼れる後輩に相談したおかげで、ぶつけようのない鬱憤が晴れた。

「これ……センパイにあげます」

ふいに冬莉はスカートのポケットから何かを取り出し、僕の手に握らせた。

必勝祈願と刺繡《ししゅう》されたお守り。

縫い方がやや甘かったり、目を凝らすと形が歪《ゆが》んでいたり……明らかに手作りのお守りは大会前にマネージャーが自作して部員に配っているものだった。

「僕はもう部員じゃないんだけどな」

「……材料が余ったのでついでにセンパイのぶんも作っただけです。夏梅センパイがお兄さんに勝つための願いを込めたお守りなので、大切に持っておいてくださいね」

「ありがとう、冬莉……大切にする。せめて初恋くらいは兄さんに勝ってみせるから」

「……どういたしまして。センパイの初恋が動き出すことを……祈ってます」

お互いに気恥ずかしくなったのか、ちらりと視線を交わしたり逸《そ》らしたり。暫《しば》くは状況が膠着《こうちゃく》していたが、ゴンドラが一周する直前に沈黙を破ったのは冬莉のほう。

「……キサラピアには春瑠センパイと一緒に来ないでください」

「どうして？」

その理由を尋ねると冬莉は立ち上がり、ゴンドラが地上に到着した瞬間——

「……私と初めて来たという思い出を一瞬で上書きされてしまうのが、嫌だからです」

消え入りそうな小声で言い残し、冬莉は一足先にゴンドラを降りる。

今にも泣き崩れそうな冬莉の表情が頭から離れず、会話を繋《つな》げることができなかった。

「……そろそろ帰りましょうか、センパイ」

まもなく夏休みが始まる。

不器用でも先に進むのか初恋を永遠に失うかの分岐点になる季節の終わりが。

＊＊＊＊＊

八月の初め、夏休みのデート当日。

「夏梅くん、お待たせ〜っ！」

空高く昇った真夏の太陽にも負けず、木更津駅西口の逆さ狸《たぬき》・きぬ太くんを待ち合わせ場所にした僕と春瑠先輩は時間通りに合流できた。

軽く羽織ったシアーシャツから透ける涼しげなキャミソール、夏風に靡《なび》くガウチョパンツ、足元は夏らしい厚底クロスサンダル。そんな夏ファッションに身を包んだ春瑠先輩に見惚《みと》れてしまい、どう挨拶を返せばいいのか反応に困ってしまう。

東京から電車を乗り継いで降り立った夏色の天使。そうに違いない。

「なーんか反応がぎこちないなぁ？　もしかして……ワタシの服装、似合ってない？」

「い、いや！　夏っぽくてめっちゃ似合ってます……！」

「ほんと？　よかったぁ〜っ！　ダサいとか言われたら立ち直れなかったよねー！」

照れ臭いから目を伏せる恋愛ビギナー男と、瞳を細めて嬉《うれ》しそうにする春瑠先輩という二人の構図をきぬ太くんの銅像が見守っていた。

「今日の予定は夏梅くんにおまかせだったよね。どこに連れて行ってくれるのかな？」

「それは着いてからのお楽しみということで」

「おっ？　楽しみにしちゃうぞー？」

路肩に停《と》めていたラビットに跨《またが》ると、春瑠先輩も後部座席にちょこんと跨る。

このまま、あなたを連れ去ってしまいたい。

遠いどこかへ、兄さんの面影が一切ないところまで。

お互いにヘルメットを装着し、発進したバイクは駅前をあとにした。

この瞬間も思い出の一幕になればいいな——なんて願いながら、じりじりと暑くなってきた午前の気候を肌で感じる。

「夏梅くーん、テストはどうだったー？」

「あー、まぁ、ぼちぼちでした。春瑠先輩が見張ってくれてたら、もっと集中して勉強できたんですけどね」

「こらこら、ワタシのせいにするな。冬莉ちゃんに見張ってもらいなさーい」

「冬莉は意外とお節介なんで、僕が頼まなくても様子を見に来ましたよ」

「やっぱりねぇ。夏梅くんには冬莉ちゃんみたいなしっかりした子が必要だ」

春瑠先輩はたぶん……僕と冬莉がお似合いだと思っている。

しかし、僕が好きな人は――

土地勘のある木更津市内を流離《さすら》い、走行の風切り音に負けないように声を強調しながら駄弁《だべ》っている時間が世界一の幸せだった。

程なくしてアウトレットパーク木更津に到着。

夏休みで買い物客も多いファッションショップを見て回る。

「キミはいつも同じようなシャツを着ているから、Tシャツを買ってあげよう」

「えっ？　僕は大丈夫ですけど……」

「後輩が遠慮するなよー。お姉さんに任せなさーい」

なぜか僕のほうがTシャツを買ってもらってしまった。

春瑠先輩に服をプレゼントしてカッコつけたかったのに、いざとなると緊張して口が上《う》手《ま》く回らず、年上の包容力に圧倒されてしまったのだ。

「……お下がりの服は似合ってないよ、後輩くん」

メンズ服を吟味する先輩が……ぼそりと漏らす。

兄さんのお下がりを着ていたのを見透かされ――バツが悪い僕は目を伏せた。

異なるショップへ入店するたびに「これ、キミに似合うんじゃない？」「もう少しお洒《しゃ》落《れ》に興味を持たないとモテないぞ～」などとメンズ向けの衣服を次々と持ってこられ、試着室にて着せ替え人形にされた。

まさに過保護な姉と大人しい弟。春瑠先輩に先導された僕が従順に後ろを追いかける絵面は、周りの人から見れば姉弟《きょうだい》だと思われても不思議じゃない。

気分は悪くないし、素直に楽しい。

しかし、僕にとってはもどかしく物足りないのだ。

「あの……春瑠先輩が欲しいものはありませんか？　僕がプレゼントしますよ」

「えー、ほんとに？　まさか後輩くんからプレゼントしてもらえるなんてねぇ」

「いつもお世話になってばかりなので、たまにはお返ししたいなって……」

「うう、良い後輩を育ててしまったなぁ……」

感慨深いのか、春瑠先輩が泣《な》き真似《まね》を披露しながら喜ぶ。

こういう店の服は高校生にとって高額だけど、少しは見栄《みえ》を張りたかった。

「オールインワンとかワンピース、新しいプリーツスカートも欲しかったんだよねー」

「は、はあ。春瑠先輩に似合いそうですね……！」

店内を歩き回る春瑠先輩が手に取った服の大半は一万円前後。

買えない値段ではないものの、自分の服に三千円以上を使わない僕はビビってしまう。

「ふふっ……夏梅くん、ちょっと不安そうな顔してる」

「そんなことないですけど？」

「見栄を張るなよ、高校生〜。大学生はそんなに鬼じゃないからさぁ」

これが大人の余裕なのだろうか。

僕の心境をあっさりと見透かされ、けらけらと笑った春瑠先輩が手に取ったのは、

「それなら、これをプレゼントしてほしいな」

シンプルなデザインのピアスだった。

千五百円にも満たない代金をレジにて支払い、店の外で先輩に手渡す。

「ほんとにピアスでよかったんですか？」

「ちょうど新しいピアスが欲しかったんだよね〜。お財布にも優しいでしょ？」

「別に一万円だって払えましたけど、まあ……春瑠先輩がそれでいいのなら」

「うん、ありがとう。ずっと大切にするね」

ピアスを袋から出した春瑠先輩は、そのまま耳たぶに両手を翳《かざ》し……身に着けた。

「どうかな？　都会の大学生っぽい？」

「そういう発言が田舎者っぽいんですよ」

「うーん、まだまだ田舎者ってことかー」

プレゼントしたものを身に着けてくれたのが嬉しいうえに、似合いすぎている。

それを得意げに見せつけてくる様子が、なによりも可愛《かわい》らしかった。

「めっちゃ似合ってます。これから僕と会うときは、そのピアスを身に着けてください」

自らの顔面がにやにやで崩壊しないかどうか、そればかりが心配だった。

春瑠先輩が敬礼した仕草も……マジで可愛すぎる。

「りょーかい♪」

春瑠先輩の「お腹《なか》減っちゃったねぇ」という一言をきっかけに、冬莉に教えてもらった海鮮バーベキューの飲食店へ移動した。

「ちなみに……ここは兄さんと来たことありますか？」

「友達グループとか家族では来たことあるけど、晴太郎《せいたろう》先輩とは一度も来てないねー」

……しゃっ！　心の中でガッツポーズを決める。

店内の各テーブルには銀色の網がついた焼き台が設置されていた。

僕は初めて訪れたが、春瑠先輩は慣れた様子で店員から番号札を受け取り、指定された番号のテーブル……ではなく、奥のスペースに歩を進める。

そこには魚屋と比べても遜色ないほど多種多様な魚介類が所狭しと並べられ、大きめの生《い》け簀《す》を住処《すみか》とする海老《えび》やアジは元気良く泳ぎ回っていた。

「さあ、焼いて食べたいものを選んで、自由に取っていいからねぇ」

右手にトングを持った春瑠先輩がハマグリやホッキ貝、ホタテ、ホンビノス貝などの海産物をトングで挟み上げ、左手に持つトレーに運ぶ。

食材を自分で選び、会計した後にテーブルの網で焼いて食べるスタイルらしい。家族連れや団体客が多いのは、自分で魚介を焼くという工程が盛り上がるからだろう。

「夏梅くん、車海老とか食べる？」

「マジですか？　食べたいです！」

「よっしゃ！　この春瑠お姉さんに任せて！」

やけに張り切る春瑠先輩。

まさか……生け簀から直接、海老を鷲掴《わしづか》みにしてしまうのか？

そんなわけはなく、不規則に動き回る新鮮な海老を店員さんが網で捕まえてくれて焼きやすいよう串にぶっ刺してくれた。

その場で速やかに行われた海老の下処理。常連らしい春瑠先輩は見慣れているようだったけど、僕は情けなく呆気《あっけ》にとられてしまう。

トレーに載せた魚介類の会計を済ませ、番号札のテーブルへ移動すると店員さんが焼き台に火を点《つ》けてくれた。

鼻歌混じりの春瑠先輩が網に海鮮を並べている間に、僕はセルフサービスのお茶や皿を二人分準備する。

「すみません……なんか、春瑠先輩にリードしてもらってばかりで」

「ワタシのほうが年上だし気にしなくていいよ。ワタシは一人っ子で寂しかったからさ、夏梅くんは弟代わりとして世話を焼きたくなるんだよねー」

春瑠先輩の対面に着席したが、見栄を張る隙を与えてくれない年上の余裕により自分の未熟さを露呈させられた。

でも……冬莉が言うように僕だけが引き出せる特別な表情だとしたら、無理に背伸びしたり見栄を張る必要はないのだ。

「ん？　どうかした？」

「いえ……頼りない弟みたいな後輩をこれからもよろしくお願いします」

「こちらこそ、やたらとお姉さん面する先輩ですがよろしくお願いしますー」

なぜかお互いに頭を下げてしまい、同時に笑いを吹き出す。

燃焼する弱火に炙《あぶ》られた貝類が泡を吹き出し、海老は香ばしい桜色に染まってきたため、僕はトングで貝をひっくり返した。

「これを人生経験にしてさ、夏梅くんが後輩の女子をリードできるようになればいいね」

「後輩の女の子……冬莉くらいしか思いつかないんですけど」

「だって、冬莉ちゃんのことだもん」

この先輩、頬《ほお》を吊《つ》り上げた満面のにっこり笑顔である。

貝の隙間から染み出した海水が火に落ちるたびに、ぱちりと火種が跳ねた。

「昼休みにキミを待ってる子がいるんじゃないの？　本を読みながら、静かにずっと」

後輩マネージャーの姿がしきりに脳裏を過《よぎ》る。

困惑する僕の反応で察したのか、即席の優しげな笑みを崩さない先輩。

「貝殻の海水を捨ててから食べると美味《おい》しいんだよね」

せっかく春瑠先輩が豆知識を話してくれているのに、なかなか頭に入らない。

押し黙るしかなかった僕を、先輩はじっと見据えてくる。

「ワタシはもう、誰も好きになれないと思うから」

ぱちり。火が跳ねる音が、やけに大きく感じられた。

ふと真顔になった先輩の呟《つぶや》きによって、周囲の雑音が聴覚から消失したのだろうか。

何も、答えられなかった。

唇が異様に固まり、返事が痞《つか》えてしまう。

「なーんてね。真面目な話はやめやめー」

凝り固まった空気を嫌ったのか、おちゃらけた雰囲気を演出する先輩だったが、笑顔の裏では遠回しに僕を試している——そんな深読みをせざるを得なかった。

結ばれない初恋に縋《すが》る覚悟があるのか、を。

ありふれた先輩後輩の関係で終わる決断ができるのかどうか、を。

「さっ、そろそろ食べよう。自分で焼いて食べる海鮮の旨《うま》さを思い知れー」

皿に取り分けた焼き立てのホタテを箸で摘《つ》まみ、口をつける。

咀嚼《そしゃく》した瞬間に解《ほぐ》れた身の高熱で舌を火傷《やけど》してしまい、思わず悶《もだ》えてしまって春瑠先輩に笑われた。

焦げないうちに様々な魚介を食べたが、味はあまり感じなかった。

セルフサービスの調味料で味付けするのを忘れるくらいには焦燥が募り、時間が経《た》つにつれて現実味を帯びてくる。

春瑠先輩が兄さんを模した幻の手を取れば、死ぬ。

そんな海果の台詞《せりふ》がしきりに脳裏を過った。

「このあとはどこに行くの？」

「春瑠先輩を……海に連れて行きたいです」

「そっか。ワタシがキミを連れて行く約束だったのに、いつの間にか逆転しちゃったか」

このあと僕は告白するのだろう。

「いいよ、後輩くん。ワタシを海に連れて行ってください」

陽炎《かげろう》の夏とやらが初恋の人を攫《さら》ってしまわないように。

凍りついていた片思いを動かすために。

最初で最後の初恋を永遠に失いたくないから。

昼食を済ませた僕たちは飲食店を出発したのだが、雲一つない真昼の空は雄大な存在感を主張し、目を背けたくなるほどの太陽光線で大地を熱していた。

ありふれたデートをして、ありふれた告白をしようとしている。

ありふれたハッピーエンドの恋になることを願いながら、僕は——不可思議な真夏の中心にいる。

春瑠先輩とのありふれた夏が、来年も欲しいから。

＊＊＊＊＊

僕が告白スポットに選んだ海は、富津岬。

木更津からバイクを走らせること四十分程度で到着したのだが、暑さによる気怠《けだる》さが和らいだ気がするのは横殴りの海風が通り抜けていくからだろう。

空の青と海の青が隣り合わせになった美麗な情景が感情を揺さぶる。海に突き出しているような地形の海岸だが、木更津の海を見慣れているはずなのに別世界のようだ。

海水の色、風の匂い、砂浜の質感なども異なるため、未知の情報を浴びた脳が新鮮味を演出しているのかもしれない。

「巨大な三角形の建物があるけど、あれは展望台なのかな？」

春瑠先輩が興味深げに指さしたのは、海岸の側《そば》に聳《そび》え立つピラミッドにも似た構造物。

多数の階段が四方八方から延び、誰でも頂上に上れるみたいだ。

「あれは明治百年記念展望塔ですね。風景を眺めるための場所だと思います」

「へえー、夏梅くんは物知りじゃん？」

デートコースを考えるときに下調べをした程度だけど。

「せっかくだし頂上まで行ってみようか！」

「海へ遊びに来たんですが？」

「いろんな景色の写真も撮りたーい。一緒に行こっ？」

「りょーかいです。先輩想《おも》いの優しい後輩なので、どこにでも付き合いますよ」

「自分で〝優しい後輩〟とか言うなー。でも、ありがとう！」

慕っている先輩の誘いには素直に従うのがいい後輩なのだ。

僕たちは展望塔の階段をなんなく上り、頂上に立つ。

手すりや柱は海風による腐食が目立つものの、東京湾が一望できる。海上には第一海堡《かいほう》と第二海堡も居座っており、晴れた現在は海面が煌《きら》めいていた。

しかし、呑気《のんき》に絶景を眺める余裕はなし。

頂上の展望スペースは結構狭い。肩が触れ合う距離に春瑠先輩がいる状況に意識が奪われ、頬の火照りや心臓の鼓動が鎮まる気配がなかった。

ラブコメの神様が……いや、幸運のイルカ様が用意してくれた最高の舞台だと思った。

「海を眺めるのって楽しいですか？」

「すごく綺麗《きれい》な景色を見ると感動するじゃん？　夏梅くんは興味なかった？」

「実は……僕もテンション上がりまくってます」

「おっ、やっぱりワタシたちは気が合うねー」

僕は絶景とやらに興味はないものの、はしゃいでいる先輩の横顔には興味津々だ。

気分良さそうにスマホで絶景を撮る先輩を眺めるのが好きなので、全肯定な後輩を演じている僕は密《ひそ》かに有頂天になっている。

僕の手が高揚で汗ばみ、暑さによる発汗と混ざり合っていく。

時折だが海からの風も鋭く吹きつけ、先輩のしなやかな毛先を複雑に浮かせた。

頂上付近には僕ら以外の人影がない。

忙《せわ》しなく通り抜ける風音と一定のリズムで耳に届く遠方の波音。それらが融合する世界に肩を並べた僕たちを邪魔するものは何もないのに。

想いを告げるための声が、出ない。

ここまでお膳立てしてもらっているのに。

兄さん、僕はどうすればいい。

お前の面影から春瑠先輩を解放してあげるには、どうすれば。

ただただ環境音とシャッター音が木霊する時間だけが流れていく。体感温度も徐々に下がっていき、心なしか過ごしやすいとさえ感じた。

ここに到着してから何分ほど経過したのか。

先輩と二人きりなんて何度も経験したはずなのに、じれったい心境のせいで数十秒ほどの沈黙が数時間にも感じる。

「春瑠先輩」

「んー、なに？」

ついに意を決し、凝り固まった口をどうにか開く。

「綺麗な景色ですよね」

「なに、突然？　どうしたのー？」

「まあ、この絶景よりも春瑠先輩のほうが綺麗ですけど」

「えー？　夏梅くん、ちょっとキモいよー？」

「冬莉のやつ……アホみたいな口説き文句を教えやがって」

「あははっ、冬莉ちゃんに遊ばれてるじゃん」

冬莉、ありがとう。場を和ませるための軽口だと思われたらしく、多少なりとも空気は温まった……気がする。

「春瑠先輩……あの！」

「夏梅くん」

先輩の名前を呼ぶが、すぐに僕の名前を被《かぶ》せられてしまった。

すっかり気を許していた僕は不意を突かれ、春瑠先輩はおもむろに肩を寄せてきて――

シャッター音。

先輩はスマホを持つ腕を伸ばし、自撮りモードでシャッターボタンに触れたのだ。

「いきなりのツーショットはズルくないですか……？」

「遊びに来た記念ということで！　あとで夏梅くんにも送ってあげるね♪」

「僕……驚いたのでアホみたいな顔してるんですけど」

「えー？　初々しくて可愛《かわい》いじゃん？　待ち受けにしてもいい？」

「……恥ずかしいので勘弁してください」

「ＳＮＳのストーリーとかバスケ部関係者のグループで共有するのは？」

「もっとダメです。特に冬莉は絶対からかってきますから」

「しょーがない。二人だけの思い出にしよっかー」

二人だけの密《ひそ》かな思い出にしたい。

液晶画面に収まった二人の顔を直視するのは恥ずかしかったけど、それ以上にめちゃくちゃ嬉《うれ》しい衝動が駆け巡って感情が昂《たかぶ》り続けた。

いける。言える。告げられる。浜辺に行けば、きっと。

「写真もたくさん撮れたし、そろそろ降りよっか」

「……浜辺に行きますか？」

「そうだね。せっかく来たし、二人で夏っぽいことをしよう」

再び上昇していく体感温度に不穏な影を感じながらも、夏らしさを取り戻した海岸の風景はやはり気持ちいい。

展望塔を降りた僕たちは目と鼻の先にある浜辺へ。家族連れや友人グループ、あるいは恋人同士で訪れた人々が和気藹々《わきあいあい》としている声が多いエリアからは少し離れた。

「これぞ夏の海って感じだねーっ！　水着を持ってくればよかったなー」

僕らは裸足《はだし》になり、さざ波が跡を描く波打ち際を散歩してみる。

「海に行くのはサプライズイベントだったので」

「水着を持ってきてくれ、なんて言ったら行き先がバレちゃうから？」

「そうです。僕だって水着姿を見たかったですよ」

「ちょっと男子ぃー、女の子の水着を見たかっただけなんだー」

「いやいや、誰でもいいってわけじゃなくて――」

「ワタシの水着姿がいいんでしょ？　プールのときにも言ってたじゃん。はいはい、先輩想いの優しい後輩ですねー。お世辞でも嬉しいでーす」

お世辞じゃないのに……とは照れ臭くて言い返せず、いつも冗談っぽくなってしまう。

「まあ、水着がなくても楽しめる定番の遊びはあるよね」

「定番の遊び……スイカ割りとかビーチバレーですか？」

「ビーチフラッグスでしょー？」

「やりません」

「えー？　中学のころは二人でよくやってたじゃん！」

「今日はそういう気分じゃないっていうか、まったりお散歩したいというか」

「負けたほうがジュース奢《おご》りでさ、夏梅くんによく奢ってもらったなー」

「でも、通算成績では僕が勝ち越してますよね」

「いやいや、記憶の改ざんはよくないなー。ワタシが勝ち越してるでしょ」

　中学のころ、アクアラインが見える地味な砂浜で部活帰りにやっていた思い出を懐かしむ。ただのお遊びで勝敗など数えていないから、お互いにざっくりとした印象だけで自分の勝ち越しを主張した。

「それじゃあ、今日勝ったほうが永久に勝者ってことにしよう！」

　にっこりと口角を上げた春瑠先輩が、そう提案してくる。

　正直、恋人気分の僕は甘ったるいデートの雰囲気を続けたいけれど、仲良しな先輩後輩としての距離感も大好きだから……首を横には振らない。

「テストや受験勉強で身体《からだ》も鈍《なま》ってるし、たまには運動も悪くないかもなー」

　わざとらしい独り言を残した僕は波打ち際から離れ……水分補給のために持参していた飲料水のペットボトルを砂浜にぽつんと置く。

「ほう、おもしろいじゃん？　元女バスのエースとして負けられないなぁ」

「やけに自信満々ですけど、春瑠先輩が負けたらどうします？」

「もし負けたら、ワタシにできる範囲で言うことを一つ聞いてあげよう！」

「言いましたね？　はっきりと聞きましたからね？」

「もやしっ子の夏梅くんに負けるわけがないもーん」

　やばい。テンションが最高潮に近づいてきた。

「その代わり、夏梅くんが負けたらワタシの言うことを一つ聞いてくれる？」

「わかりました。春瑠先輩にえっちな要求をされても……僕は受け入れる所存です」

「最近の夏梅くん、たまにキモいこと言うよね」

　キモい!?

「……ちなみに冗談ですよ？」

「だよねー。ワタシの知っている後輩くんはそんなこと言わないもんねー」

　呆《あき》れたような春瑠先輩の蔑んだ眼差《まなざ》しが痛いよう……。

「僕にできることなら先輩の願いを受け入れます」

「わかった。ワタシはえっちな要求なんてしないし、キミもえっちなことをお願いするのはダメ。それでいいよね？」

「ういっす」

「返事が小さいなー？」

「はーい」

可愛らしく眉をひそめた春瑠先輩、都会の女子大生を気取る割には純情なんだよな。

そういうのも後輩男子の男心を擽《くすぐ》りまくるんだけど……じゃなくて、お遊びのビーチフラッグスをやる想定外の流れに。

ペットボトルから十メートルほど離れた位置に二人が寝そべり、スマホのタイマーを十秒後に鳴るよう設定した。あとはタイマーが鳴った瞬間に起き上がり、ペットボトルに向かって一直線に駆け出せばいい。

先にペットボトルを摑《つか》み取ったほうが勝ち。単純明快なルールだ。

波音だけが流れていく数秒間をうつ伏せのまま待機し、

——タイマーの電子音が波音を貫く。

ほぼ同時。両者揃《そろ》って反転しながら起き上がり、ペットボトルへ視線が固定された。

柔らかい砂に足をとられ、思うように地面を蹴れない。

最初の一歩、二歩で足裏が砂を摑めず、重心が前のめりに傾きながら不格好に走り出すしかなかった。

起き上がった直後の初速は一秒にも満たない遅れ。短距離走ではそれが致命的な差になり、春瑠先輩のほうが僅かに先行する。

僕も負けじと食い下がり、運動不足の太ももを振り上げた。

僕たちは並走したまま右手を目いっぱい伸ばす。お互いに走路を譲らない勢いのあまりバランスを崩し、ペットボトル付近へ倒れ込んでしまった。

……砂の大地が衝撃を吸収し、痛みはさほど感じない。

だけど、仰《あお》向《む》けになった自分の無防備な腹部に〝心地よい重み〟があった。

「春瑠先輩……ちょっと重いです」

「失礼な。女の子に向かって重いは禁句だからねー」

春瑠先輩がうつ伏せのような体勢で重なり、僕に身を預けていたのだ。

「転びそうなワタシを庇《かば》ってくれたんでしょ？　夏梅くんは優しいなー」

「春瑠先輩の下敷きになるのが夢だっただけです」

「ワタシの下敷きになった感想は？」

「めちゃくちゃ柔らかくて良い匂いがします……」

「良かったねー、夢が叶《かな》ったじゃん」

「……冗談ですよ？　いや、柔らかくて良い匂いは本当ですけど」

「変態くん」

「後輩くんって呼んでください……」

からかわれる。お互いに身体を起こすこともなく、なぜか重なり合った状態で小声の意思疎通という不思議な空間だった。

　重みもそうだし、春瑠先輩の体温や感触も直《じか》に伝わってくる。

「夏梅くんの……心臓の音が聞こえる」

　僕の左胸に耳を当てた先輩は、艶やかな声でそう囁《ささや》いた。

「たぶん、ドキドキしてると思います」

「そうだね、すごく鼓動が速い。全力疾走したあとだからかなー？」

　あなたが寄り添ってきてるから、とは言えない。

　嬉しさと興奮が混ざった鼓動が先輩に聞かれているのは、なんだか無性に恥ずかしかった。収束しない。今この瞬間も上気し、手足の末端まで熱い血液が流れている。

　他人から見た今の僕らは恋人同士だと勘違いされるだろうか。

　お似合いだと思われていたら、すごく嬉しいんだけどな。

「ちなみに、ワタシが勝っちゃった」

　寝そべりながらペットボトルを掲げてくる春瑠先輩。

「キミの敗因は勝負に徹することができなかった優しさだね。自分が勝つことよりワタシの安全を優先したから」

「僕は勝負ごとに向いてないので……昔っから負けっぱなしでした。他人より優れているものなんて何もないんですよ」

「でも、キミの優しさに救われている人もいる。それは、白濱《しらはま》夏梅という人間にしかできないことなんじゃないかな」

諭すように肯定してくれるから、僕はもっと甘えたくなってしまう。

僕を必要としてくれる人がいるから、その人のために何かしたいって思う。

「本音を言うと、春瑠先輩の服を砂で汚したくなかった……っていうのもあります」

「えー？　中学のころはそんな気遣いしなかったじゃん」

「今日は……まあ、そうしたい気分だったので」

今日はデートのつもりだから。

少なくとも僕だけは恋人気分だから、デートのために着てくれた服を汚させたくなかった。それだけなんだ。

「キミは女の子をダメにする天才かもしれないね」

「僕が近くにいると、ダメになっちゃうんですか？」

「だって頼っちゃうもん。キミの優しさが身近にあったら依存してしまうかもしれない。すぐに甘えたくなって便利に使ってしまいそうだから……キミは女の子をダメにする天才として認定します」

「あまり嬉しくない称号なんですけど」

「裏を返せば、居心地が良いってこと。誉《ほ》め言葉として受け取ってくれたまえ」

あくまでも陽気を保った先輩は僕に語り掛けているような、自戒のような。

「そういえば、負けたほうが言うことを聞く約束だったよね？」

「どのジュースを買ってきましょうか？」

「言うことを聞く約束だったよねー？」

とぼけようとするが、めちゃくちゃ強調してくるので誤魔化《ごまか》せない。

「よし、海から帰るまでには決めておこうかな」

「お手柔らかに……」

春瑠先輩の小悪魔スマイルが恐ろしい。

ようやく立ち上がった春瑠先輩の体温が腹部に残る中、先輩は手を差し伸べてくる。

「運動不足の受験生は、もうヘバっちゃったかな？」

「まさか。遊びはこれからですよ」

「いいねえ。もっと遊ぼうよ、後輩くん！」

その手を取った僕は立ち上がろうと力を込めるも、春瑠先輩が僕の体重を支えきれず、よろめいた二人はその場で仲良く尻もちをつき……無邪気に笑い合った。

これはデートっぽいよな――と、一方的に抱く感動。

僕は心の中で噛《か》み締《し》めていた。

ともかく永久に敗者という汚名は返上したい。泣きの一回ということで再び挑んだビーチフラッグス二回戦だったが、またもや僅差で敗北してしまう。

僕にとっては勝敗など重要じゃない。

はしゃぐのが楽しい。春瑠先輩と触れ合えるのが嬉《うれ》しい。

それで十分すぎる。

片思いの高校三年生、これ以上ない贅沢《ぜいたく》な青春だった。

「せっかくだし、夏の海でかき氷が食べたいなー」

「味は……？」

「ブルーハワイ！　なかったらイチゴでいいや、よろぴこー」

「次は絶対に負けないですから。今日は砂との相性が悪かったんですかねー？」

「言い訳をするような後輩に育てた覚えはないよ？　ワタシが永久に勝者だー」

めっちゃ悔しいが、調子に乗った先輩も可愛《かわい》いから悪い気はしなかった。

二度も負けた僕はかき氷を買ってくる役目《パシリ》に任命され、駐車場に隣接した小さい売店へ行くため……一時的にこの場を離れることに。

「ゆっくりでいいよ。またあとでね、後輩くん」

僕たちは異なる方向へ別れる。

足首までを海水に浸《つ》からせた春瑠先輩を砂浜に一人残して。

心のどこかで微《かす》かな油断が生じていた。

海果や母さんが述べた非科学的な現象を受け入れたふりをしつつ、未《いま》だに半信半疑だったのかもしれない。

春瑠先輩の瞳が光を失い、遥《はる》か遠くの水平線へ向けられていたことに気づかず、僅かな違和感すら見逃してしまうなんて。

海や砂浜のほうに背を向け、駐車場近くの売店に歩み寄ったあたりで……僕の直感が警告を発し、ようやく違和感を拾い上げた。

じりじりと暑く、海風がぴたりと止《や》む。

咄嗟《とっさ》に踵《きびす》を返してみれば、春瑠先輩がいるであろう波打ち際の風景が奇妙に揺らいでいた。

ゆらゆら。ゆらゆら。

屈折した光により立ち上った半透明の靄《もや》。周囲の人間は疑問に思う素振りもなく、楽しげな様子も変わらない。他の人間は一切認識していないのだ。

「春瑠……先輩？」

駐車場の正面に広がる砂浜と海。

白い飛沫《しぶき》を散らす荒波に足首まで浸かった春瑠先輩の後ろ姿が、ぽつんと佇《たたず》んでいた。

そして——仄暗《ほのぐら》い海へ一歩ずつ、一歩ずつ、両足を交互に踏み出していく。

不規則に舞う海風に逆らうように、ゆっくり、ゆっくりと。

「春瑠先輩っ!!」

身体《からだ》が前のめりに傾き、目の前の砂浜へ一直線に駆け出す。

陽炎《かげろう》の夏に導かれていたのか。

兄さんを模した不可思議な幻影に誘《いざな》われて、春瑠先輩は。

不安定な砂浜を足裏が上手《うま》く摑めずにバランスを崩しかけるも、海に身を沈めていく春瑠先輩を追う。

足元を這《は》う波を無我夢中で切り裂き、水飛沫を撥《は》ね飛ばしながら海へ。

水の抵抗が足に纏《まと》わりつき、前進する速度が顕著に低下していくものの、それは先行する春瑠先輩も同じ。

息を切らしながら筋肉を酷使して、懸命に手を伸ばす。

華奢《きやしや》な腰まで海水に浸かった先輩の肩に背後から手をかけ、どうにか前進を阻止。自らの震える腕に過剰なまでの力を込め、水底に吸い込まれる前に引き寄せた。

「春瑠先輩……！」

「いたんだよ、そこに。晴太郎先輩が」

「いない！　あいつはもういないんですよ！　先輩！　せん……ぱい……!!」

まるで視線の先に誰かが存在していたかのように、春瑠先輩は前に進もうとする。

「待ち合わせの約束を果たしに来てくれたのかな。留守電に残してくれた通りに」

「違う！　あの留守電は……兄さんが最期に残した声です！　今はもう……まったく無意味な過去の音声でしかない！　約束の言葉なんかじゃない！」

砂地なので足に踏ん張りがきかない。

抱きかかえるようにしがみつき、その場に先輩を繋《つな》ぎ止めるのが精いっぱいだった。

「あいつのことは大嫌いだけど！　あなたを死に追いやるような人じゃない！」

前方へ手を差し出す春瑠先輩。

「駄目だ……!!　手を取っちゃ……そいつは偽者なんだ!!　春瑠先輩!!」

引き止める。名前を叫ぶ。

陽炎の夏に魅了され、正気を失いかけている春瑠先輩へ叫び続けながら、重心を後ろに倒し、深い海の底へ歩を踏み出そうとする虚《うつ》ろな人を手放さない。

諦めの悪さだけが僕の取り柄だ。

兄さんの面影なんかには、渡さない。奪わせない。

「あなたが死んでしまったら……僕があなたの陽炎を見てしまう!!　あなたの手を取って死んでしまうかもしれないから!!」

「なつめ……くん」

「先輩がいない人生に価値なんてない!!　となりで笑いかけてくれる先輩との日常を失いたくない!!」

春瑠先輩の身体を支配していた強張《こわば》りが柔らかく解《ほど》け、前に進む力が抜けていく。

「こっちに戻ってきてください……先輩のいない日常なんて考えられないんですよ……」

「そうだね。ワタシもキミとの日常が……好きだよ」

茹《う》だるような暑さは離れ、春瑠先輩の空虚だった瞳に穏やかな光が戻っていた。

一心不乱に足掻《あが》き、死に物狂いで追《お》い縋《すが》っただけ。

ほんの一時的だとしても、先輩との日常を手繰り寄せることができたようだ。

「でも……夏梅くんを見ていると、どうしても晴太郎先輩を思い出してしまうんだ。あの人とキミは、あまりにも似すぎているから……」

春瑠先輩に陽炎の夏が訪れてしまったのは、僕のせいだったのかもしれない。

「すみません……僕が……僕が偽者に憧れてしまったから……」

兄弟なので顔は似ているうえに、僕が偽者になろうとしてしまったから。

好きな人に好かれるために兄さんを模倣した恥知らず。

兄さんの代わりになろうとして劣化コピーの人生を送ってきたからこそ、先輩は終わったはずの片思いの破片を捨て去れず……忘れられなかったのだ。

僕の卑怯な片思いが、この人を陽炎の夏に陥れてしまった。

「ううん、それで救われた。夏梅くんがいてくれたから、今の広瀬《ひろせ》春瑠がいるんだよ」

「それでも僕は兄さんになろうとして……春瑠先輩を心残りに縛り続けたんです」

「優しいね、キミは。本当に良い後輩を育ててしまったな」

なんという自作自演だろうか。

「言うことを一つだけ聞いてもらう約束……ここで使ってもいい？」

「はい……」

僕の愚かさが現象を誘発したくせに、彼女を救おうと足掻くふりをしていた。


「ワタシのことは忘れて、夏梅くんの日常に戻ってください」


そのお願いは断固として拒絶したいのに、できない。

僕と会うことで兄さんの面影を思い出してしまうのなら——

「僕と春瑠先輩は……これ以上、一緒にいないほうがいいのかもしれません」

現状維持では季節の終わりから逃れられないのはわかっている。

どちらかが答えを示し、片思いを進めるのか終わらせるのかを選ばなくてはいけない。

「キミの優しさに甘えるのは……おしまいにしなきゃいけないね」

抉《えぐ》られるほど、悶《もだ》えるほど、痛い。

こんなにも好きなのに距離を置かなければいけない現状が歯痒《はがゆ》く、容易には受け入れがたいんだよ。

「ワタシは後輩くんが可愛いので連絡をしたくなるかもしれない。どうでもいいメッセージも送っちゃうかもしれないけど……返事をしなくていいからね」

「やめてください。先輩からの連絡は嬉しくなって会いたくなっちゃうんで……返事をするなとか無理なんです。田舎の後輩なんか忘れて、楽しいサークルにでも入って、兄さんよりも素敵な恋人を作って……東京の女子大生に染まり切ってください」

「あーあ、地元に帰ったときの楽しみが一つ減っちゃうなー」

「春瑠先輩のＳＮＳを覗《のぞ》いて……こっそりイイネを押すのは許してほしいです」

「それは許そう。都会に染まった女子大生の日常を見せつけてやりますかー」

地元に帰省した春瑠先輩と行きつけのご飯屋さんに行きたい。

海浜公園の屋外コートで駄弁《だべ》りながらバスケをやりたい。

バイクの二人乗りで江川海岸にでも連れて行きたい。

これらの欲求を対価に捧《ささ》げてでも——春瑠先輩の笑顔を永遠に失いたくない。

「じゃあね、後輩くん。またいつか、お互いに好きな人ができたら会おう」

「わかりました。とびっきりの可愛い彼女を紹介しますよ」

「生意気だなー。ワタシだって東京のお洒落《しゃれ》な彼氏を見せつけてやるからね」

苦い。僕たちは愚かで青すぎる。

僕たちは、自分の初恋を完全に手放すための選択をした。

そうすれば春瑠先輩の陽炎の夏を終わらせられると思ったから。

白濱夏梅も、広瀬春瑠も。

片思いの現状維持は、ここで途絶える。


「夏梅くん」

「はい……」

「……泣かないで」

雨なんか降っていない。

海水よりも塩辛い粒が頬《ほお》を伝い、次々と海に吸い込まれていく。

春瑠先輩の静かな声音が愛《いと》おしくて、また泣いた。


よかったんだ、これで。

僕たちはずっと前から、お似合いじゃなかった。

第六章　可愛い後輩くんを育ててしまったな

富津岬《ふっつみさき》からの帰り道。夏梅《なつめ》くんのバイクに乗っているあいだ、過去の映像が次々と脳内で再生されては涙の粒となって風に攫《さら》われた。

思い出したい記憶も、忘れたい記憶も、走馬灯のように駆け抜けていった。

ジュースあげるから内緒にしといてくれ、頼む。

ワタシと晴太郎《せいたろう》先輩の出会いは、この台詞《せりふ》が一番印象に残っている。

祖父が畑にしていた土地の隅に見知らぬバイクが停《と》められており、友達とかくれんぼをしていた小学生のワタシが興味深げにバイクを凝視していたら、あとからやってきた男の人に話しかけられたのだ。

当時、高校一年生だった晴太郎先輩に。

「ここ、お前んちの畑か？」

「は、はい。お祖父《じい》ちゃんの……」

「無断で駐車してすまん。遅刻をしすぎて担任に怒られたばっかなのに、今日も寝坊してしまって……やむを得ずバイク通学してしまったーみたいな感じだ」

「は、はあ」

「もう明日からはバイクを停めない。ジュースあげるから内緒にしておいてくれ、頼む」

この土地は高校から近く、しかも通学路ではないため他の生徒や教員に見つかりにくいという利点があるらしい。

「もしよければ、今後も停められるように頼んでみましょうか？　ウチのお祖父ちゃんは優しいし、最近は腰が悪くて畑も放置気味なので」

「いや、バイク通学するのは今日みたいな非常時だけだ。今後はちゃんと早起きして遅刻しないようにチャリで行くけど……」

　歯切れが悪い。

「もしまた寝坊したら、そのときは頼む。なんとしても留年は回避したいんだ」

清々《すがすが》しいくらいの潔さで小学生相手に頭を下げた。

「駐車してから一時間経過するごとに、ジュースを一本ずつくれたらいいですよ？」

「打算的なガキんちょめ」

「お祖父ちゃんにチクって警察に通報してもらおうかなー？」

「あーっ！　ごめんなさい！　ジュースならいくらでも奢《おご》るから許してくれ！」

晴太郎先輩におススメされた〝さらっとしぼったオレンジ〟を奢ってもらい、ワタシは労せず快適な思いをした。

　この後も週二ペースでバイクを隠しに来る晴太郎先輩の風貌や言動はちょっと不良気質なお兄ちゃんといった感じだが、ワタシは密《ひそ》かな憧れを自覚し始めていた。

中学生になったワタシは迷うことなくバスケ部に入る。

晴太郎先輩とお遊び程度でやっていたし、彼との接点も濃密になると思ったからだ。

しかし、皆がレギュラー目指して真剣に取り組む部活はそう甘くない。

小学校から本格的にバスケをしていた経験者とは大きなレベルの差があり、同じ新入生でも一つ一つの動きや速度が自分とは顕著に違う。

初めて出場した練習試合は記憶から葬り去りたいほどミスを連発し、試合後にチームメイトからもらった励ましの言葉も右から左に通り過ぎる。

部活をやめたい。それを晴太郎先輩に打ち明けると、

「しゃーねえな。オレがお前を鍛えにいってやるから、もう少し続けてみろよ」

中学のバスケ部ＯＢだった彼は翌日から体育館に現れるようになり、ワタシの居残り練に付き合ってくれた。

「広瀬《ひろせ》んちの畑にバイクを置かせてもらってるからな！　そのぶんは面倒見てやるかー」

なんて笑い飛ばしていたけれど、あれは先輩なりの照れ隠しだったと思う。

彼がワタシを見るときの眼差《まなざ》しは、兄妹《きょうだい》に近い温かさが込められていたから。

「うおおおっ！　マジで？　お前、すげえじゃん！　やったなあ！」

対外試合でレギュラーに選ばれたのを報告したとき、ワタシ以上に喜んでくれたのを忘れられない。

「オレは可愛《かわい》い後輩を育ててしまったかもしれねえな！」

そのあたりからだろうか。お兄ちゃんみたいに慕っていた高校生への漠然とした憧れから、初めての恋心へと変化していったのは。

先輩は想像以上にだらしない。部屋は散らかす、隙あらばカップ焼きそば、私服はほとんど買い足さない、学力不足と出席日数不足の留年予備軍……見かねたお節介なワタシが彼の家へ様子を見に行く日常が当たり前になっていた。

部屋の片づけを手伝った。彼好みの焼きそばも手作りした。買い物に同行して服を選んであげた。遅刻しないよう起こしに行き、赤点をとらないよう勉強させた。

晴太郎先輩は鬱陶しがっていたけど、お返しと言わんばかりに愛車のスクーターで様々な場所へ連れて行ってくれた。

江川《えがわ》海岸で早朝の海中電柱を眺めたり、海浜公園で早朝ランニングをしたり、バスケをしたり、少し遠くの映画館で映画を観《み》たり……。

仲良しな妹みたいにしか思われていなくても、恋人気分のワタシはそれでよかった。

だが、甘酸っぱい季節は長く続かない。

ワタシが中学二年になったころ、晴太郎先輩は突如としてバスケ部をやめ、友人と遊び呆《ほう》けたりバイトを掛け持ちし始めた。

ぽっかりと空いた虚《むな》しさの穴を埋めてくれたのは、彼の弟。

ひょんなことから仲良くなり、中学でも懐いてくれた夏梅くんは時間が経《た》つにつれて晴太郎先輩にどんどん似通ってくる。

元々似ている顔や体格もそうだし、バスケのプレイスタイルからちょっとした言動までも……いちいち晴太郎先輩を彷彿《ほうふつ》とさせ、そのたびに罪悪感が心を擽《くすぐ》る。

晴太郎先輩の代わりとして夏梅くんを可愛がっているだけではないか、と。

体育館で夏梅くんの居残り練に付き合いながら決意していた。

初恋に区切りをつけよう。

あの人とワタシは、お似合いじゃなかったんだ。


彼が高校を卒業する日。

ワタシはもう一度だけ会いたいと思い、待ち合わせをした。

最後に告白をし、綺麗《きれい》さっぱりフラれてやろうと。

赤い歩道橋の中心で屈託のない笑みを浮かべた彼は以前と何も変わってなくて、諦めようとしていた気持ちに整理がつかなくなって。

「もし美容師になったら……ワタシの髪を切ってくださいね！」

「ああ、いつでも待ってる。それを楽しみにしながら専門学校で頑張ってくるな」

二人しかいない橋の上で控えめなハイタッチ。

そのままワタシは直立不動で留《とど》まり、先輩は海浜公園のほうへと降りていった。

告白は握り潰してしまったけど、精いっぱいのお願いは伝えられたから。

自分自身に及第点を与えておいた。


夏梅くんや冬莉《とうり》ちゃんと過ごす日々にも慣れ、虚しさや寂しさのようなものは薄れていたが、告白できなかったことだけが未《いま》だに心残りとして人生を滞留させる。

中途半端な心境で他の誰かを好きになってはいけない気がした。

次の恋をするため、きっぱり断ち切るための口実が欲しい。

そのためには彼の口からはっきり答えをもらう必要があった。

フラれたのだから仕方がないと、あっさり開き直らせてほしかった。

『――今は東京の美容室でアシスタントをやってる。まだお客様の髪は切れねーけど、シャンプーとか頭皮マッサージなら誰にも負けねえからな』

三年ぶりに電話して近況を聞いたのだが、相変わらずのノリだったので電話口なのに笑みが零《こぼ》れてしまう。

「晴太郎先輩に直接伝えたいことがあるので……近いうちに会いたいです」

ワタシの畏《かしこ》まった声音や空気で察したのか、先輩は静かに「わかった」と受け入れる。

七月の下旬、場所は三年前と同じ赤い歩道橋。

待ち合わせの時間から一時間、二時間……真夏の雨が降り出しても彼は現れなかった。

「春瑠《はる》先輩……!!」

声の方向に振り向いた一瞬だけ、晴太郎先輩が来たのかと錯覚した。

年上の彼がワタシを先輩呼ばわりするわけないのに。

バイクの転倒事故で救急搬送。ずぶ濡《ぬ》れの夏梅くんが言い放った事実の羅列をすぐには理解できず、理解をさせてもらえず、現実の直視を拒否した全身が末端まで震えだす。

夏梅くんが不謹慎なウソをつく人じゃないのは知ってる。

そうだとしても、最悪なウソであってほしかった。

放心状態になったワタシは膝から頽《くずお》れ、欄干の柵へもたれ掛かるように座り込む。

涙すら、まったく流れない。纏《まと》わりつく雨に攫われていく。

あの人はワタシが殺したようなもの。

ここでワタシと会う約束をしなければ、彼の未来は奪われなくて済んだ。

三年前にさっさと告白していれば今日まで長引かせず、過去の甘酸っぱい思い出として終わらせられた。

感情が自責だけに掌握され、生きる気力を顕著に失っていく。

晴太郎先輩のお葬式にも行かなかった。現実を認めたくない一心で墓参りも避け、先輩の死を直視させられるような出来事は自らの私生活から一切排除した。

　夏休みが明けてもワタシは学校へ登校しなくなり、受験勉強すら放棄して……地元の町を制服姿で亡霊のように彷徨《さまよ》う。

　心配してくれる友人たちからの連絡にも一切反応せず、晴太郎先輩が連れて行ってくれた場所に虚《うつ》ろな瞳のまま立ち寄り、面影を探す無意味な日々。

　死にたいと考えた。何度も。

　深い海に身を投げ、誰にも迷惑をかけずに消えてなくなりたかった。

「次はどこに行くんですか？　どこでも付き合いますよ」

　それでも、ワタシの身勝手な行為を許してくれない人がいる。

　涙すら涸《か》れた人間を見捨てないでいてくれる人がいる。

　ほんとに可愛すぎる後輩の夏梅くんだ。

　彼は夏休みの部活を長期にわたって休み、ウインターカップ予選も一人だけ不参加……夏休みが明けても学校をサボり、ワタシに付き添ってくれた。

　お互いにママチャリ移動だったけれど、ときには他愛《たあい》もない話題を振ってくれたり、少ないお小遣いなのに定食屋でご飯を奢ってくれたりもした。

　後輩のくせに気を遣ってくるのが生意気で、ありがたくて。

　夏梅くんの将来に悪影響を及ぼすことくらいわかっているけど、壊れそうな心を何気ない顔で支えてくれる後輩くんに甘えそうになってしまう。

広瀬春瑠こそ死んだほうがいい。

すぐに消えてしまうべき不要な人間なんだよ、夏梅くん。

「……元の日常に戻ったほうがいいよ。このままじゃ……夏梅くんまでダメになっていくからさ……」

「大丈夫ですよ」

「大丈夫じゃないでしょ……。キミは勉強だって部活だってやらなきゃいけないのに……ワタシに構っているヒマなんてない……」

このままだと未来ある夏梅くんまで腐っていく。

道連れにするよりは突き放して嫌われたほうが……優しい後輩くんのためだから。

「戻って……」

「春瑠先輩が戻ってくるなら、僕も戻ります」

「一人で戻って……!!」

「嫌です。一人では戻りません」

何度も拒絶しているのに、この後輩は頑固で動かない。

「僕にとっての日常は春瑠先輩がとなりにいることです。陽気に微笑《ほほえ》んできて、お姉さん面して、ちょっと世話焼きで……すぐに頭を撫《な》でてくれる。それが僕の〝普通〟です」

「大切な大会もあるでしょ……？　夏梅くんがエースなんだから……冬莉ちゃんも待って

るから!!」

「もう戻れないんですよね」

「えっ……?」

「バスケ部、やめてきちゃいました」

心底困惑するワタシに対し、夏梅くんは言《い》い辛《づら》そうに苦笑した。

「僕は……春瑠先輩に人生の楽しさを教えてもらったんです。春瑠先輩に褒めてほしかったからバスケを始めたんです」

「夏梅……くん……」

「今度は僕が……あなたのために人生を使いたいと思いました。ただ、それだけです」

ひび割れていたものが決壊し、嗚咽《おえつ》と共に溢《あふ》れ出す。

目の前が水没して霞《かす》み、夏梅くんの懐に顔を埋《うず》めてしまう。

「うっ、ううっ……うわぁ……んっぐっ……なつめ……くん……」

「僕が兄さんの代わりになりますから。春瑠先輩が寂しい思いをしないように」

夏梅くんの発言は著しく歪《ゆが》んでいた。

晴太郎先輩と夏梅くんは違う人間で、どちらも代わりになんかなれない。

でも——そのときのワタシにとっては拒絶できない多幸感だった。薬物のように一時的な依存と快楽だとしても、傷を舐《な》め合う歪《いびつ》な関係による強制的な忘却だとしても。

それがワタシにもう一度、生きていく光を宿してくれた。

ただ、ひたすら感情を垂れ流した。

我慢していたものが堪《こら》えきれず、先輩の威厳なんて崩壊するくらいに泣《な》き喚《わめ》いた。

抱き止めてくれる後輩の腕の中で。

「今から付き添ってほしいところがあるんだけど……」

「はい、どこにでも」

「晴太郎先輩のお墓参りに……行かないとね」

こうしてワタシは、晴太郎先輩の死を表面的には受け入れた。

お墓参りに行ったあとの帰り道。自転車を押して歩いていたワタシは瞼《まぶた》に残っていた涙を拭い取り、となりを歩いていた夏梅くんと向かい合う。

「……明日から日常に戻るよ。これ以上、後輩くんの時間を奪いたくないから」

「わかりました。それでは学校で待ってます」

「……キミを不良にしないために、先輩としてもう少し頑張らないといけないね」

夏の名残りがほのかに漂う九月の青い空。

自分に苦笑いしながら、こう労《ねぎら》ってあげるのだ。


本当に……可愛い後輩を育ててしまったなぁ、と。

＊＊＊＊＊

過去の映像はここで途切れ、ほろ苦い後悔の後味だけがしぶとく残る。

一年前の夏、絶望したワタシは夏梅くんに救われたんだ。

大学生の広瀬春瑠が存在しているのは、夏梅くんのおかげ。

富津岬から木更津《きさらづ》まで夏梅くんに送り届けてもらい、木更津駅の西口前で袂《たもと》を分かつ。

もう夏梅くんには連絡しない。

晴太郎先輩の面影を忘れ去れるよう、できるだけ地元にも帰ってこない。

夏の気候や走行中の向かい風のおかげか、海水で濡れていた衣服はいつの間にか乾いていたものの、メイクは少しだけ崩れてしまっていた。

夏梅くんの人生を変えてしまったのは、ほかならぬ広瀬春瑠だ。

バスケ部を突然やめた晴太郎先輩がワタシの日常から距離を置いた寂しさを夏梅くんが埋めてくれて、彼の優しさに甘え続けた。

懐いてくれたのをいいことに、先輩面しながら都合よく利用していたのかもしれない。

彼は白濱《しらはま》晴太郎ではなく白濱夏梅だとわかっているのに。

自分に対して反吐《へど》が出る。最低な女だ。

自己嫌悪を払拭できないまま構内に入ろうとしたが、とある少女が駅前に佇《たたず》んでいた。

「あなたは確か……海果《うみか》ちゃん、だったよね？」

「夏梅少年の家で遊んだとき以来の再会ですね！」

真夏なのに長袖の制服を着た不思議な中学生。

夏梅くんの近所に住んでいる子らしいけど、ワタシが会うのはこれで二度目だった。

「死んだはずの初恋相手と会えたみたいじゃないですか。たとえ偽者の幻だとしても本音では嬉《うれ》しかったですよねぇ」

「海果ちゃんは……何者なの？」

「幸運のイルカ、と呼ばれているらしいですよ？」

幸運のイルカ。見つけたら片思いが動き出すっていう……どこかで聞いた覚えのある程度の噂話《うわさばなし》だけど、イルカの髪飾りをつけたこの子が……？

「信じてくれとは言いません。お助けタヌキちゃんの戯言《たわごと》だとでも思ってくれたら！」

「……この体験を知っているような口ぶりの海果ちゃんが普通じゃないことは伝わる」

「あなたに訪れた陽炎《かげろう》の夏はまだ終わっていませんよ。夏梅少年と違って春瑠姉さんは答えを誤魔化《ごまか》してしまいましたから」

「この町をしばらく離れて晴太郎先輩の面影を完全に忘れる……それがワタシの答えじゃダメなのかな」

「その場しのぎでこの町を離れたとしても、陽炎に誘われてすぐに戻ってくるでしょう。そのとき、あなたは差し出された手を撥《は》ね除《の》ける覚悟はありますか？」

返事に詰まり、即答できなかった。

偽りの彼と相対すると周囲の大気が熱を帯び、脳が熱暴走を起こしたように正常な判断ができなくなる。

いや、覆い隠そうとしていた心残りを曝《さら》け出されてしまう。

「うやむやにして面影から逃げるのか、自分自身でちゃんと答えを示すのか。止まっていた片思いの結末を自分で選択してください」

「片思いの結末を……」

「ごめんなさい。これがわたしにできる精いっぱいのお節介です」

ここで逃げても季節の終わりはすぐに訪れるのだろう。

目を逸《そ》らしていた事実と向き合い、答えを選択しなければならないらしい。

「春瑠姉さんのことは嫌いじゃないので、幻のあとを追わないでくださいね」

「ワタシがあとを追ったら夏梅くんも陽炎を見るのかな……」

「おそらくですが、はっきりと見えてしまうでしょう。夏梅少年から春瑠姉さんの面影を引き剝がすのは不可能だと思うので」

「……だったら、止まっていた初恋にちゃんと決着をつけないといけないね」

海果ちゃんは少しだけ口角を上げ、温かい眼差《まなざ》しを垣間見《かいまみ》せながら、

「がんばれ、春瑠。素敵な青春の季節が訪れることを、わたしは願っています」

そう応援してくれる。

瞬《まばた》きした瞬間に海果ちゃんの姿は消え、彼女が立っていた場所は誰もいなかったかのように通行人が行き来し始めた。

その背景が一瞬だけ不鮮明に揺らぎ、陽炎の靄《もや》が集結して形作られる見知った幻とすれ違う。振り返ったとしても消えているだろうけど、あの人の幻が誘《いざな》う先は一つ。

今から行かなきゃいけない。

一年前、晴太郎先輩と約束をした待ち合わせの場所へ。


かつて恋焦がれた人が待っている。

そんな気が、ずっとしている。


富士見《ふじみ》通りを一人で歩き抜けた先には鳥居崎《とりいざき》海浜公園が待つ。

すでに太陽は沈みかけており、オレンジ色に燃え盛る夕日が水平線に隠れ始めていた。

ここは恋人の聖地。

好きな人に会う場所としては申し分ない。

夕暮れを迎えた公園。釣り人や恋人同士しか見当たらない空間に紛れ込んだ一人の女の子がワタシの瞳に映った。

海に面したコンクリート壁の上に腰掛け、夕焼け色に染まる対岸の工業地帯を見詰めている後ろ姿。そんな母校の制服を着た背中に心当たりがある。

「冬莉ちゃん……？」

「……春瑠センパイ？」

ワタシが名前を呼ぶと振り返ったのは、やはり冬莉ちゃんだった。

「もしかして夏休みの部活帰り？」

「……そうです。ここに寄り道してオレンジジュースを飲みながら、ボーっと海を眺めるのが結構好きなんですよ」

冬莉ちゃんが言う通り、さらっとしぼったオレンジの缶が傍らに置かれていた。

「夏梅くんが部活をやめるまでは……よく部活帰りに三人でここに座ってたよね。自販機で買ったさらしぼを飲みながら、どうでもいいことを日が暮れるまでお喋《しゃべ》りしてさ」

広瀬春瑠、夏梅くん、冬莉ちゃん。

去年の夏までは同じバスケ部員として……いや、仲良しの先輩後輩として一緒の思い出を築く時間も多かった。

「……たった一年前まではそうでした。今はもう戻らない光景ですけど」

「ごめん、ワタシのせいで……」

「……どうして謝るんですか？」

「冬莉ちゃんが夏梅くんと過ごすはずだった放課後を奪ってしまったから」

冬莉ちゃんは瞳を伏せたが、すぐに前を向いた。

「……夏梅センパイを見くびらないでください。助けが必要な春瑠センパイを放っておくような人じゃない。誰かのために自分を平気で犠牲にできる人だから、私は――」

やや語気が強まった冬莉ちゃんの台詞《せりふ》が、途中で止まる。

「冬莉ちゃんは夏梅くんのことが……」

「……それ以上は言わないでください」

ワタシの台詞は途中で止められてしまう。

「……春瑠センパイが羨ましいです。貴女《あなた》よりも先に夏梅センパイと出会っていたら……何かが変わっていたんでしょうか」

「冬莉ちゃん……ワタシは……」

「……夏梅センパイを不幸にしたら許しません。あの人を悲しませたら……絶対に許しませんから」

コンクリ壁からお尻を浮かせて起立した冬莉ちゃんは、そう囁《ささや》きながらワタシの横を通り過ぎていく。静かな口調ながらも、微熱を帯びた本音が滲《にじ》んでいた。

「……たまには女バスの卒業生として体育館に顔を出してください。後輩部員たちにアドバイスをしてもらったり、スポーツドリンクでも差し入れてもらえると助かります」

「わかった。置き忘れてきたものを取りに行ったあとで、また」

離れていった冬莉ちゃんの姿が目視できなくなり、ワタシは一人取り残される。

見上げるのは巨大な赤い歩道橋。


もう一度、ワタシはあそこで初恋の人と待ち合わせをする。

最終章　不思議な夏の終わりに

駅前で春瑠《はる》先輩と別れたあと、僕は自宅に帰ってきていた。

自分の決断に納得したわけじゃない。

すぐにでも春瑠先輩のＳＮＳをチェックしたいし、アプリでメッセージを送りたい。

先輩の手料理を食べてからゲームで圧勝し、悔しがる表情を間近で眺めていたいのに、
僕はすべてを手放した。

どうにもならないのか。どうにも。

春瑠先輩と距離を置いたところで陽炎の夏が何事もなく消滅する保証もないのに。

整理できない思考をぐるぐると攪拌《かくはん》させても、無力感と後悔の味がするだけ。

「兄さんだったら……もっとうまくできたのかな」

自主練用に兄さんから借りたバスケットボールを手に持ち、語り掛けてみても……当然ながらオレンジ色の球体は無言を貫いていた。

「あ……夏梅《なつめ》だ……」

「珍しく早い帰宅だね」

「……今日はどこにも飲みに行かずに帰ってきたからね……えっへん……」

「ねえ、母さん」

寄り道せずに帰宅した母さんのドヤ顔は週に一回くらいしか披露されないのが困りものだ。

「ん……なんだい……？」

「兄さんは……どうして春瑠先輩から離れていったのかな？」

冷蔵庫へ酒を漁《あさ》りにいった母さんを尻目に今まで聞けなかったことを問いかけてみる。

「……晴太郎《せいたろう》には口止めされてるから……」

「頼むよ。もう飲み歩いても怒ったりしないからさ」

「……ハイネケンを三本は飲まないと……口は緩まない……」

「今日はたくさん飲んでも怒らないって」

「……優しい夏梅……不気味すぎる……」

この人が泥酔するたびに説教していたからか、めっちゃ警戒されてる。

訝《いぶか》しむ母さんは眉をひそめて考え込むも、挨拶代わりに取り出した4リットルのブラックニッカをジョッキの八分目まで注ぎ、ソーダストリームの炭酸で申し訳程度に割った。

「ビールじゃないじゃん」

「……怒らないって言った……夏梅は約束を守る子のはず……」

「今日は許す」

今日は怒らない。普段は健康を心配して口煩《うるさ》くなってしまうが、ほぼストレートみたいな配分のハイボールでも見て見ぬふりをした。

「……晴太郎が成人になったとき……朝まで飲み明かしたことがあったの……」

三杯目の特濃ハイボールを飲み干したとき、母さんはそんな話を呟《つぶや》く。

「酔っぱらってたから記憶も曖昧だけど……ふと冷静になった晴太郎がポロッと零《こぼ》した台詞だけは忘れてない……」

たぶん、それが聞きたかった。

一人だけわかったような顔をしていた兄さんの本音を。

「オレが家庭を壊して夏梅を一人にさせてしまったから、あいつの初恋くらいはせめて叶《かな》えてあげたかった。夏梅の片思いにオレは一番の邪魔者だから……広瀬《ひろせ》の理想から遠ざかるしかなかった。罪滅ぼしにもならねえと思うけど、あいつの兄としてできるのはこれぐらいしか思いつかない……って」

兄さんの嘘《うそ》偽りない本心。

母さんが代弁した言葉を僕は知らなくて、本人からは知らされないまま兄弟の時間を完全に失ってしまった。

「なんだよそれ……直接言ってくれよ……」

「……晴太郎はわかってたんだと思う……あからさまに勝ちを譲られても喜ばないような面倒くさい弟だってことを……」

「僕に何も言わないまま勝手に死んでさ……春瑠先輩を悲しませて……今さらいい兄貴面されても困るんだよ……」

僕の初恋が実るように、兄さんは身を引いたとでもいうのか。

春瑠先輩の理想から離れ、弟が好きな人と過ごす時間が増えるように。

「カッコよく勝ち逃げしてんじゃねえ……ふざけんなよ……なあ……」

吐き出した声が湿り、視界が濁っていく。

恵まれた才能もあって人気者だったやつが選んだ回りくどい不器用な人生を、かっこいいと勘違いしてしまうから。

そんな兄だったから僕はずっと大嫌いで、ずっと憧れてしまうんだ。

「……これ……夏梅にあげる……」

リビングの戸棚から母さんが取り出し、僕に手渡してきたのは小さいアルバム。

開いてみると……僕と兄さんが幼少期に撮った家族写真がファイリングされていた。

仲が良かった。母親と父親も、僕と兄さんも。

「……夏梅は晴太郎のことが大嫌いでも……晴太郎は夏梅のことを……本当に大好きだったんだよ……」

些細《ささい》なボタンの掛け違いで歯車が狂い、家族は分断されてしまったけれど、兄弟が寄り添ってふざけ合ったり、二人で笑い合う光景は間違いなくあったんだ。

「く……ううっ……うあぁ……兄さん……僕は……」

兄さんにとって僕は可愛《かわい》い弟じゃなかっただろう。

兄さんに敵意を向けてばかりだっただろう。

取り戻せない過去。

二度と戻らない時間。

今後一切、伝えられない言葉。

僕はみっともなく目元を濡《ぬ》らし、洪水となった顔を手で覆うことしかできない。

「もっと話したかった。もっと兄さんとバスケがしたかった……」

もう叶わぬ願い。

春瑠先輩や僕を惑わす陽炎《かげろう》は偽りでしかないのは理解しているうえで、僕はもう一度だけ会わなくちゃいけない。

「……夏梅は……いなくならない……よね……？」

四杯目のハイボールを錬成した母さんは目尻に雫《しずく》を溜《た》め、脆弱《ぜいじゃく》な声でそう呟く。

「先にいなくなったのは母さんのほうなのに」

「……それは……ごめん……あのときは……どうしようもなかった……私と話すらしてくれなかった夏梅をどうにもできなくて……」

成長した今だからこそ事情が察せる。

母さんは僕を引き取ろうとしたけど、あの父親が断固として手放さなかったのを。

「……旦那とは縁が切れて……晴太郎もいなくなっちゃったから……お母さんを一人にしちゃダメです……親不孝な息子にならんでおくれ……」

「飲みすぎた母さんを叱れるのは僕しかいないでしょ。僕の家はここだけだから……いつも通りに帰ってくるよ」

「……えへへ……それでこそ私の息子だ……これからもダメダメな母さんを……たくさん叱ってくれい……」

「飲むな。ブラックニッカをさっさと片づけろ」

「……嫌でーす……今日だけは……叱らないって言った……息子はウソつかない……」

ニマニマと笑んだ母さんは懲りず、微量の炭酸水を垂らした特濃ハイボールをがぶ飲みした。こっちも呆《あき》れ笑いを浮かべるしかない。

「母さん」

「……なんだい……？」

「今から追いかけてくるよ、春瑠先輩を。やっぱり兄さんを忘れさせるのは僕しかないって思いたいから……今度こそは逃げずに伝えてくる」

「……ふふーん……それでこそ……拗《こじ》らせ片思い息子だ……」

僕の片思いも春瑠先輩が陥っている現象も、この母親は悟っている。

だからこそ、わかったような物知り顔で成り行きを見守ってくれる。

「そして会ってくるよ、兄さんにも。たぶんこの町のどこかにまだいると思うから」

「……そっか……仲直りできるといいね……」

「仲直りはしない。僕の勝ちで喧嘩《けんか》を終わらせてくる」

「……そうかい……やってやれ、夏梅よ……」

母さんは不健康そうな顔色のままニヤリと口角を上げると、完全に酔いが回ったためかテーブルに突っ伏して寝息を立て始めた。

春瑠先輩と二度と会わないという選択は、ただの逃げだった。

傷つかずにラクなほうを選び、兄弟喧嘩の白旗を上げたようなものだった。

僕の想《おも》いを余すことなく伝えたい。勝ち逃げなんて許さない。

春瑠先輩と同じように、僕にとっても偽者と……いや、本物の兄さんと会える最後のチャンスだと思うから。

遠ざけて失いかけていた兄弟の季節を一瞬だけ取り戻しにいこう。

そして告げるんだ、春瑠先輩へ。

小中高と静かに紡ぎ、拗らせきった沈黙の片思いを——言葉に変換して。


玄関で靴を履いているとスマホの電子音が鳴り、新着メッセージが表示される。

返信不要です、という文章と共に添付されていたのは……僕らが海で撮ったツーショット写真だった。

春瑠先輩にいきなり撮られたから僕が間抜けな顔をしているけど、それも数年後には笑い話にしていけたらいいな。

急いで春瑠先輩に電話をするが、着信拒否をされたらしく繋《つな》がらない。

そうだ。僕たちは連絡を断ち切ったんだ。

期待しちゃうから連絡しないでほしい、みたいな意思は告げたものの、やはり先輩からの連絡を無視なんてできない。

そんな僕の性格を知っているから、春瑠先輩は着信拒否をしたんだろう。

「一方的に連絡してくるとか……年上の先輩とはいえ勝手すぎるんだよ！」

あの人に返事を送り、どんな返信が来るのかを心待ちにしながらスマホ画面を見詰めるのが最上級の楽しみだ。

そんなことで一喜一憂する日常を手放せるわけがない。

春瑠先輩を好きでいる時間が僕の人生。

白濱《しらはま》夏梅の青春そのものなのだ。

あなたを見守るのは僕だけの隠れた特等席だった。

だから、今回も一直線に向かう。

あなたがいる場所へ。

【来年はもっといい写真を撮りましょう】

来年も二人で海に行きたい。

遠回しな願いを込めて返信し、お下がりのバイクに我が物顔で跨《またが》った。

木更津駅には春瑠先輩の姿はない。

駅前を幾度となく見渡してみても、首がもげそうなほど左右を見回して駅構内やホームを隈《くま》なく捜してみても、目を惹《ひ》かれる可憐《かれん》な人はどこにも現れてはくれなかった。

「乗り換え駅まで先回りすれば……！」

春瑠先輩を送り届けた時間に近い電車は東京への直通ではない。

千葉か蘇我《そが》……東京駅に比べたら捜し人を見つけやすい駅だ。送迎用のロータリーに停《と》めていたラビットへ跨ろうとした瞬間――

「……夏梅センパイ！　こんなところにいたんですか……！」

息を切らしながら声を発し、重たい足取りで駆け寄ってきたのは冬莉《とうり》だった。

「……さっき電話したのに反応がないし、センパイの家に行っても外出中でした」

「ごめん、バイクを運転してたから……」

「……そんなことだろうと思ったので、わざわざ捜しに来たんですよ」

運動不足のくせに全力疾走をした冬莉の額から滲《にじ》んだ大粒の汗。それが彼女の髪をしっとりと濡らし、物静かな表情にも疲労が濃く浮き出ている。

「お前、普段は全力疾走なんてしないくせに……大丈夫か？」

「はあ……はあ……センパイに心配されなくても……だいじょうぶ……です……」

「いつものママチャリで来ればよかっただろ」

「ライトの電池が切れていて……この時間帯に無灯火では捕まるかもしれません」

「冬莉はずっと真面目だな。マジメ星人」

「……夏梅センパイが大雑把《おおざつぱ》なフマジメ星人なんですよ」

無駄に真面目ぶる冬莉らしい理由だった。

それはともかく、冬莉の様子から察するに『早く伝えたい用件』があるようだ。

「……さっき、いつもの海浜公園で春瑠センパイを見かけました。普段と様子が違うように思えたので、なんだか気になって……夏梅センパイは何か知ってるんじゃないかと」

「春瑠先輩が公園に……？　あの人は東京に帰るはずじゃ……」

駅前で僕と別れてから海浜公園に向かった、と考えるのが自然だろう。

「……置き忘れたものを取りに行く、と言っていましたが、夏梅センパイには心当たりがあるんじゃないですか？」

「心当たりがありすぎるな……」

「……たぶん、私が行っても無意味なんです。春瑠センパイを追いかけるのは夏梅センパイだけの役目で……それが夏梅センパイの唯一誇れるものだと思いますから」

「僕ってそれしか取り柄がないのか……？」

「……はい、それだけです。春瑠センパイへの想い……それは夏梅センパイだけの特別な気持ちで〝お兄さんにも負けない〟ものだと思うので」

冬莉がそっと背中を押してくれたような感覚。

言葉の一つ一つが僕を後押しして、自分を肯定できる原動力へと変換されていく。

「……夏梅センパイがフラれたときは愚痴を聞いてあげます。もし両想いになったら絶対に応援してあげません」

「ああ……たっぷりと愚痴を聞いてほしい。できれば惚気《のろけ》も聞いてくれ」

「……惚気は絶対に嫌です。センパイの幸せそうな顔、ほんとに見たくないですし」

あまり笑わない冬莉がふいに晒《さら》した意地悪な笑顔。

「……さっさと行ってください。あなたがずっと大好きな春瑠センパイのもとへ」

そして——僕をしっかりと見据えた冬莉の穏やかな声音。

春瑠先輩が面影を求めて彷徨《さまよ》っているとき、傍らに付き添うのは僕の役目だった。

本当にお節介な後輩に送り出される形で木更津駅を置き去りに。古びたアクセルを吹かしながら富士見通りへ突入した。

兄さんからの回りくどい挑発。

死んでからもなお、僕を奮い立たせるために憎まれ役を演じているのだろうか。

海果《うみか》が生み出した〝陽炎の夏〟は、僕の恋を後押ししてくれている。


あとは、春瑠先輩の終わった片思いを終わらせるだけだ。


夕闇の道路を街灯に導かれ、常識で許される限り速度を上げた。

通い慣れた経路。見飽きたシャッター通りが横目を流れていく。

すでに手遅れかもしれない。

春瑠先輩が答えを示し、陽炎に包まれた初恋を追い求めてしまったら。

兄さんを模した幻とすれ違う季節が訪れ、死者の手招きに引き寄せられるように自死を迎えてしまったら。

そうなってしまったら僕もいずれ、あなたの幻が差し出す手を取ってしまうだろう。

僕はまだ、好きな人に何一つ伝えられていないんだ。

今度こそは。

止まっていた片思いを動かしてみせる。

僕の意思で。

白濱晴太郎の偽者じゃなく、本物の白浜夏梅として。

………………

……瞳に映る景色の流れが顕著に遅くなっていく。

聞き慣れたエンジン音が掠《かす》れ、強く回したアクセルと反比例するようにタイヤの回転数が落ちていった。ガス欠などの単純なトラブルではない。

「こんなときに……！」

タイミングが最悪。

この日まで奇跡的に動いていたラビットが故障し、富士見通りの路肩に緊急停車せざるを得なくなった。

どうして今、このタイミングなんだよ……！

バイクから降りた僕を焦燥の靄《もや》が覆う。

原因を特定する知識もない、修理する道具も技術も時間もない。

怒り任せでカウルを叩《たた》いてみても、乾いた鉄の音が木霊するだけ。

ただ悪戯《いたずら》に時間が過ぎていくのみだった。

「ここから先は……お前の足で走れってか……」

少し前に母さんとこんな会話をしたのを思い返す。

このラビットは兄さんの分身として見守ってくれているのかも、と。

今日まで僕の青春を運んできたスクーター。春瑠先輩をいろんなところへ連れて行けたお下がりの愛車はここでお役御免というわけか。

「ぶっ壊れるまで乗り潰してやったぞ……兄さん。これで文句ないだろ」

お前がその気なら、こっちも上等だ。

ここから先は僕の足で追いかけてみせる。

兄さんの力を一切借りずに追《お》い縋《すが》ってみせるから。

お前の弟はもう迷わない。大丈夫だ。

だからもう、消えてくれ。

前に進むと決意した僕の未来に、お前の面影は必要ないんだ。

さあ、現状維持を壊しに行こう。

「待ってろよ、クソ兄貴！　おらああああああああああああああああああああ！」

邪魔なヘルメットを脱ぎ捨てながら、夕暮れの富士見通りを走り出す。

僕たち兄弟のあいだに綺麗《きれい》ごとはいらないよな。

死ぬほどムカつくあいつをぶん殴りたい。

溜《た》まりに溜まった鬱憤を発散したい。

一年以上のブランク。疲労の蓄積に伴いランニングフォームは不細工になり、前に進む速度も低下していく。全盛期とは比べものにならないくらい体力も落ち、短い呼吸がみっともなく吐き出される。

あいつはブランクがあっても涼しい顔で僕を圧倒したのに。

兄さんみたいにカッコいい人間にはなれなかった。

劣化コピーのような弟は、何一つとしてまともに越えることができなかった。

でも、これだけは。

兄さん以上のものが、僕にはあるから。

こうやって止まらずに走り続けることができるんだよ。

あの人を絶対に奪わせない。

僕は……僕のほうが、春瑠先輩のことを――

海沿いの道を抜け、息を切らしながら駆け込んだ鳥居崎海浜公園の駐車場。

間近から見上げる中の島大橋も夕暮れにぼんやりと照らされ、巨大な赤い歩道橋が東京湾に光り輝いていた。

「動けよ……動け！　膝が壊れても走れぇ……！」

激痛で悲鳴を上げる膝を叱咤《しった》した。自分自身への苛立《いらだ》ちを愚痴りながらスロープを上り続け、今にも千切れそうな太ももを懸命に振り上げる。

地上から離れていくにつれ、景色が不鮮明に揺れ動くような錯覚に包まれていく。

いる。

春瑠先輩と兄さんが待っている。

そんな予感が脳を活性化させ、空っぽな体力を底上げした。

スロープを上り切り、二十七メートルを超える高さの歩道橋に立った瞬間、周囲の大気が揺れている。見渡す限り夕暮れの海とオレンジ色の発光が密集する工業地帯。

常軌を逸した熱気が肌を撫《な》でた。

陽炎《かげろう》の揺らぎが立ち上り、夕焼け色に包まれた遠方の風景を美しく覆う。空から降り注ぐ日射を捻《ね》じ曲《ま》げ、地平線や水平線のシルエットも明瞭に揺れ動いている。

神秘的な夏に脳が騙《だま》され、ファンタジー世界の夢を見ているようだった。

「僕は……僕たちは普通の夏でいいよ。普通に学校に行ったり、普通に遊んだり、普通に恋をするような夏が待ち遠しいんだ」

この世界を僕は拒否する。

木更津の景観や東京湾を美しく濁す陽炎は偽りだから、僕は魅了されない。

こんな偽りの暑さは理想とかけ離れ、青春として思い描く普遍的な情景とも程遠い。

ありがた迷惑だ。

初恋くらい自分の力で叶《かな》えてみせるから、陽炎が揺らめく不可思議な夏はそろそろ消えてくれ。

歩道橋の中央付近に一つだけある街灯が点灯しており、光の傘に人影が佇《たたず》んでいた。
紛れもない春瑠先輩だ。
昼間にデートしたときと同じ服装、同じ髪形だったから。
街灯の光が届く範囲には春瑠先輩一人しかいないはずなのに、僕の瞳には映っている。
足元に影がない男が先輩と向かい合い、手を差し伸べている姿が。
ようやく現れた、はっきりと。
今度は逃がさない。のらりくらりと躱《かわ》されてはやらない。

僕の瞳には、憎き恋敵の姿が——鮮明に映っている。

「兄弟喧嘩《げんか》の決着をつけに来た」

歩道橋を吹き抜ける熱風で肺を満たし、宣戦布告に変換して言い放つ。
僕の声が響き渡ったと同時に、春瑠先輩がこちらへ振り向いた。
兄さんを模した幻は表情を一切変えず、何も語らない。
僕が出す答えを静かに待っている。
兄さんの真っすぐな視線が、そう訴えかけている。

「僕は……兄さんの偽者になろうとしてた。お前の人生をそっくり真似《まね》すれば春瑠先輩に好きになってもらえると本気で思ってたんだ」

お前は何も返事しなくていい。

ただ黙りながら弟の宣戦布告をしっかり聞いていろ。

「兄さんの劣化コピーみたいな人生だったけど、ようやく言える。兄さんよりも勝ち誇れるものがあるって。今日で兄さんの真似を……〝偽者〟を演じるのは終わりにするよ。春瑠先輩にとっての〝本物〟になるために」

僕が一方的に宣言する場だから遠慮なんてしない。

「初恋では誰にも負けない。他のことがすべて兄さんの物真似で劣っていたとしても、春瑠センパイへの気持ちは劣化コピーなんかじゃない」

兄さんへ突き刺していた眼光を収め、今度は春瑠先輩へと視線を送る。

「もうキミとは会わないってお願いしたのに、どうして来ちゃったのかな……」

春瑠先輩は潤んだ瞳のまま、溜《た》め息《いき》混じりの儚《はかな》い苦笑を垣間見《かいまみ》せる。

「それは『僕にできることなら』という条件の約束でした。春瑠先輩と会わないのは……僕にとって不可能なことだったから。あなたがいてくれる日常が僕のすべてなので、性懲りもなく会いに来ちゃいました」

「なんだなんだー？　後輩くんは春瑠お姉さんのことが大好きなのかー？」

「いつもなら恥ずかしくて誤魔化《ごまか》すんですけど、もう逃げません」

僕自身が抱いた僕だけの恋心だから、今日は胸を張って伝えられる。

自らの吐息に言葉を託し、想《おも》いにして届けよう。


「僕は――春瑠先輩が好きです」


小学六年生から凍りついていた沈黙の片思いが陽炎の夏によって綺麗に溶かされ、再び動き出した。目を背けていた現状を直視し、現状維持を変えるために足掻《あが》いてみようと思わせてくれた。

「……ワタシのこと、好きなんだ」

「好きなんてものじゃありません。大好きです。恋人になりたいと思ってます」

「うわー、困った後輩を育ててしまったな……」

まんざらでもないように苦笑いする春瑠先輩。

「春瑠先輩が思っているよりもずっとずっと、僕はあなたに恋をしていました。白濱晴太郎の代わりじゃなくて白濱夏梅を好きになってほしいから、これから先は僕にしかできない人生を歩んでいきたい」

「夏梅くんにしかできない人生かー。たとえば？」

「春瑠先輩と同じ大学に合格してみせます。これからめっちゃ勉強して、あなたがいる東京に行って、大学生活を彼氏として一緒に過ごしたい」

「それは……夏梅くんにしかできないことだね！」

兄さんにはできない僕だけの未来。これが白濱夏梅だけの人生だ。

春瑠先輩は陽気な微笑《ほほえ》みをくれた。

でも……首を少しだけ横に振り、拒否の意思を示す。

「ごめんね、ワタシは……夏梅くんの彼女にはなれない」

「どうして……ですか？」

「今のキミは……可愛《かわい》い後輩くんとしか思えないから」

最初で最後の初恋は、叶わない。

僕は……春瑠先輩を救えないのか。

兄さんの面影に攫《さら》われる人を奪い返すこともできないのか。

「まずは……ワタシの初恋に決着をつけないとね」

含みを持たせた春瑠先輩は幻のほうへ踵《きびす》を返す。一筋の涙が目尻で光る。

「ワタシの目に映っているのは晴太郎先輩じゃないし、不思議な季節が魅せる幻だとしても……ようやく待ち合わせに来てくれました。そっちの大遅刻ですけどね！」

意地悪な語り口で兄さんに喋《しゃべ》る先輩は、差し出された手に対し……首を横に振った。

「ごめんなさい。危なっかしくて放っておけない年下の男の子がいるので……そっちには行けません。あなたによく似てるんですけど、ちょっとだけ……いえ、かなり不器用だけど……でも、すごく優しい。そんな愛らしい後輩くんなんです」

　僕のほうをチラ見した先輩が、涙を浮かべながらも懸命に微笑む。

「弱くて逃げ出そうとするワタシのことを何度も、何度も追いかけてきてくれて、泣き止《や》むまで寄り添ってくれたのも後輩くん。今この瞬間も駆けつけてくれた彼のおかげで……広瀬春瑠は何度も救われてきました」

　春瑠先輩は僕のほうに視線をやりながらも、

「だから、晴太郎先輩と一緒には行けません。あなたが大切に想っていた弟を……だらしなくて甘え上手な後輩くんが立派に育つのを見守らなきゃいけないので」

　そう兄さんに語り掛けるような口調を続ける。

「中学生の広瀬春瑠は晴太郎先輩が好きでしたが、大学生になった広瀬春瑠は……あなたを好きではありません。ワタシと先輩はお似合いじゃなかったんです」

　スマホを取り出した春瑠先輩は指先で画面に触れ、晴れやかな表情になっていく。

「止まっていた片思いを終わらせに来ました。今日からは新しい恋を探していこうと思います。先輩よりも素敵な人と、先輩の面影を忘れるくらいの恋がしたい」

　そして、兄さんが亡くなる前に残した唯一の留守電を消去した。

思い出の場所で何度も繰り返し聞いていたであろう、最後の声を。

「じゃあね、ワタシの初恋。

さようなら、大好きだった憧れの先輩」

春瑠先輩は幻の手を取らず、サヨナラを告げる。

止まっていた片思いに決着がついたとき、特別な季節は終わりを迎える。

理不尽に訪れた陽炎の夏が過ぎ去ろうとしている。

春瑠先輩の初恋は実らず永遠に失われた、という結末で。

歩道橋を取り囲んでいた異様な暑さが和らぎ始め、兄さんを模した幻が霞《かす》み、次第に消滅していく。

真下の海から生み出された光の粒が海風と共に舞い上がり、オレンジ色と瑠璃色が混ざりかけた空に昇っていく。

死者の幻を生み出していた不思議な光が役目を終え、あるべき場所に帰ろうとしているのかもしれない。

僕を見ている。消えかけた幻……いや、兄さんが。

「兄さんからもらったラビット、ぶっ壊しちゃった……ごめん……」

声が詰まってしまう。溢《あふ》れ出てきた幼少期からの記憶が渦巻いて離れない。

言い放ちたかった感謝も悪口も口籠ってしまうのは、少しでも喋ると泣き崩れてしまいそうだから。

「お金が貯《た》まったらバイクを買って……春瑠先輩をいろんな場所に連れて行きたい。兄さんの真似じゃなく、兄さんの面影がない場所へ……それから……それからさ……」

遠方の景色を包み込んでいた陽炎が、もうじき消えてしまう。

夕日の逆光が輝きを弱め、片思いを動かした陽炎の夏が消失しようとしている。

しかし、僕はしっかりと兄さんを見据え、一瞬だけでも取り戻した兄弟の時間を感じながら——これだけは伝えたい。

「だいっきらいだったよ、たった一人の兄さん」

美しい陽炎が消滅し、兄さんの幻も木更津の空に飛散して溶けてしまった。

僕と春瑠先輩の瞳に映る世界は通常の夏を取り戻し、肌に馴染《なじ》んだ蒸し暑さが浸透していく。

今の僕は泣いてはいない。憎しみもない。

僕は数年ぶりに兄さんの前で笑顔になり、ようやく最期を見送ることができた。

兄さんが立っていた場所には何もなくなった。

もしかしたら、亡くなってからも弟の恋路を心配していたのだろうか。

かつて大嫌いだったけど、喉から手が出るほど憧れた人。

そんな兄さんが消える寸前、ほんの僅かに口角を上げて微笑んでいたように見えたのは気のせいじゃない。

もう心配いらねえな。

そう物語っているような気がして。

意外と心配性な兄さんの照れ隠しな表情だったと、僕は思うんだ。


「まあ、次の恋はまだまだ先かなー。どこかの誰かさんが受験に合格するまでは心配でそれどころじゃないっていうか、お節介なお姉さん面していたいというかさ」

僕に歩み寄ってきた春瑠先輩は得意げな先輩面をかましてくる。

「僕はまだまだ可愛い後輩のままなんですよね……」

「そうだよー？　キミが春瑠お姉さんの彼氏を務めるのはまだ早い。それよりも先にやるべきことがあるんだから」

「やるべきこと、ですか？」

「えー、もう忘れたぁ？　自分で言ったじゃん？　ワタシと同じ大学に行くって」

「今思うと……春瑠先輩の大学って受験の難易度高いですよね……」

「おいおい、今さら怖気《おじけ》づくのはダメだぞ？　そんな後輩に育てた覚えはないからー」

歩道橋の上を春瑠先輩が数歩ほど先行し、上機嫌そうにこちらへ振り返る。

「受験に合格したら、ワタシに会いに来て。そのとき夏梅くんがまだワタシのことを好きでいてくれて、もう一度告白してくれたら――ちゃんと返事をします」


僕の片思いも、ちょっとだけ動いた。

数ミリ単位だとしても、確かに前へ進んだのだ。

「まだ誰も好きになれないけど、そんな恋愛下手な先輩でも好きでいてくれる？」

「今さらですか。子供のころからずっと好きですよ」

「受験勉強ばかりで残りの高校生活がつまらなくなるかもよ？」

「春瑠先輩と過ごせるかもしれない大学生活のほうが遥《はる》かに楽しみなんで」

「真面目な高校生活を送っているかどうか、冬莉ちゃんに見張ってもらおうかなー」

「それは勘弁してください」

僕は再び勉強漬けの日々に戻る。

今度は強制的にやらされるのではなく、白濱夏梅としての意思で自ら決めたこと。

恋人同士の大学生活を夢見られるのなら、残りの高校生活で青春っぽいイベントが何も起こらないとしても悪くはない。

いつか〝後輩くん〟じゃなくて〝彼氏くん〟と呼ばれる日が来るのだろうか。

「がんばれ、ワタシの可愛い後輩くん。東京で待ってるぞ」

エピローグ

一ヵ月の夏休みが終了してから最初の登校日。

放課後にジャージへ着替えた私は富士見《ふじみ》橋の前に待機し、夏梅《なつめ》センパイがだらだらと歩いて来るのを一方的に待つ。

あくまで部活の買い出しという雰囲気は崩さない。自転車で先回りしたマネージャーは期待と不安を交互に入れ替え、心の沈着を保つための深呼吸をする。

私は夏よりも冬のほうが好きだ。

恋した相手を待つときの過剰な発熱を冷ましてくれるから。

立《た》ち眩《くら》みを起こしそうな残暑の中で立ち尽くしていると、やがて遠くから近づいてくる人影が確認できた。

「買い出しのついでにサボっている不良マネージャーがいるなー」

「……サボりじゃないですよ。夏梅センパイが寄り道せずに受験勉強するかを見守るのもマネージャーの仕事なので」

「マネージャーの仕事じゃないんだよなあ」

「……高梨《たかなし》冬莉《とうり》にとっては、それも仕事のうちなんです」

「そうか？」

「……そうなんです」

「冬莉がそう言うんなら、そうなんだろう」

私の謎理論にも付き合ってくれる夏梅センパイ。

彼のとなりを自然に確保した私は何食わぬ顔で帰路を並び歩く。

「ほんとに冬莉は心配性だな」

「……心配をかけさせるセンパイが悪いですよ」

「たぶん卒業はできるから安心してほしい」

「……ふふっ」

「まったく笑うところじゃないが？」

「……もしニートになったら私がお小遣いをあげましょうか？」

「冬莉のヒモにしてくれ」

「ヒモになった夏梅センパイ、結構可愛《かわい》いと思います。今日から試してみます？」

「一流のヒモになるために今日からお前の部屋に住むよ」

「……女の子の部屋に入りたいだけじゃないですか。ヒモの話は保留にします」

「却下じゃなくて保留にしてくれるのが冬莉の優しいところだよな」

「……ばか。夏梅センパイのばか」

　こっちの軽口を撥《は》ね返されると私は弱い。だって、まんざらでもないから。

　会話の主導権を夏梅センパイに握られるのは密《ひそ》かに嬉《うれ》しくて、このダメダメな年上の人を甘やかしたくなる。私はそんなキャラじゃないので言動には出さないけれど。

町の風景に溶け込みながら歓談する先輩と後輩だが、この人は一足先に卒業してしまうだろう。

私にとっての幸せな時間は……あとどれくらい残っているのかな。

二人で過ごせる青春は有限なのを噛《か》み締《し》め、自分が抱いている感情や夏梅センパイの表情を心に焼きつけておく。

「……そういえば、幸運のイルカを捜しに海へ行くのはやめたんですか？」

「捜さなくても現れるっていうか、神出鬼没のタヌキちゃんっていうか……ともかくもう捜してないし、なんならラビットはぶっ壊れた。実家の物置に眠ってるよ」

「……ちょっと残念です。ご飯に連れて行ってもらえる機会が減りそうなので」

「金欠の受験生にたからないでほしい」

「……春瑠《はる》センパイなら笑顔でご馳走《ちそう》してくれますよ。器の違いですかね」

「可愛くない後輩め」

「……これからも可愛がってくださいね、センパイ？」

「ご飯を奢《おご》る代わりに恋愛の悩みを聞いてよ。冬莉くらいにしか喋《しゃべ》れないからさ」

「……はいはい、いつでも聞いてあげます」

「可愛い後輩を育ててしまったな」

「……春瑠センパイみたいなこと言わないでください」

たじたじになった夏梅センパイの表情が好きだから、もっと困らせたくなる。

なんだかんだで優しいから、私は調子に乗って浮かれてしまう。

バイクが壊れて残念なのは本心だ。せっかく夏梅センパイと二人乗りをする充実感を知ったばかりなのに、もう味わえなくなるのだから。

恋の話は聞いてあげるけど、心からの応援はしない。

私にできる数少ない悪あがきだった。

「……それで、あれから春瑠センパイとはどうなりましたか？」

頃合いを見計らい、最も重要な話題を切り出してみる。

海浜公園で春瑠センパイと会った日以来、二人の関係を知る機会がなかった。

電話やメッセージで安易に聞くことも……なんとなく躊躇《ためら》われた。

あの直後、たぶん何かがあった。関係性に多少の変化はあった。

ひょっとしたら、夏梅センパイと春瑠センパイは恋人同士になっているかもしれない。

私は俯《うつむ》き気味で歩きながら……告白しない失恋を覚悟する。

「春瑠先輩とは……付き合っていない。とりあえずは仲良しの先輩と後輩のままだよ」

「えっ……？　まだ付き合ってないんですか？」

「告白はしたんだけどさ、僕には先にやるべきことがあるから」

夏梅センパイのやるべきことは、だいたい読める。

「春瑠先輩と同じ大学を受験する。もし合格したら……東京で待つ春瑠先輩の答えを聞きに行こうと思うんだ」

夏梅センパイが志望校に合格してしまったとき、私の初恋は否応《いやおう》なしに終わる。

カウントダウンが始まってしまったのだ。

私に残された逆転への時間は半年足らず――それで何ができるというのか。

何年も気持ちを伝えられず、現状維持の片思いを続けてきた臆病な高梨冬莉が。

こうして見守りながら卒業を静かに待つしか……できない。

ふいに足を止めた私は平静を装い、声を絞り出そうとした。

「……そろそろ学校に戻ります。春瑠センパイに告白の返事をもらえるよう……受験勉強をがんばってくださいね」

物静かな表情の仮面を取り繕うも、それを保っていられない。

好きな人の前では脆弱《ぜいじゃく》な顔を晒《さら》したくなかった。去り際、夏梅センパイに申し訳程度の会釈をし、自転車へ乗った私は逃げるようにペダルを漕《こ》ぐ。

嫌だな。

何も告げられないまま、この青春を失ってしまうのは。

いずれは東京に行ってしまう貴方《あなた》を後輩の一人として見送るのは……耐えられない。

いっそのこと、春瑠先輩とすぐに付き合ってくれたら潔く吹っ切れたのに。

センパイが卒業するまでの半年は私にもチャンスが残されていると、往生際の悪い自分が語り掛けてくるのだ。

さきほど二人で渡った富士見橋だが、今度は学校方面に自分一人で渡る。

その途中――ペダルを漕いでいた足がゆっくりと停止させられた。

中学の制服を着た少女とすれ違い、なぜか無視できない衝動に駆られたからだ。

イルカの髪飾りをした中学生はこちらをじっと見据えながら、おもむろに口を開く。

「わたしのせいで……キミは苦しい思いをすることになる」

何を言いたいのだろうか。

すぐに意味を察するのは困難でも、心苦しそうな表情なのは確かだった。

中学生は声にならない呟《つぶや》きを残し、私の瞬《まばた》きと同時に消える。

ごめんね。

どうして少女が謝るのか、わからなかった。

忘《わす》れさせてよ、後輩《こうはい》くん。

著　あまさきみりと

角川スニーカー文庫　22807

2021年9月1日　初版発行

発行者　青柳昌行

発　行　株式会社KADOKAWA
〒102-8177 東京都千代田区富士見2-13-3
電話　0570-002-301（ナビダイヤル）

印刷所　株式会社暁印刷
製本所　本間製本株式会社

◇◇◇

Printed in Japan　ISBN 978-4-04-111295-3　C0193

★ご意見、ご感想をお送りください★
〒102-8177 東京都千代田区富士見 2-13-3
株式会社KADOKAWA　角川スニーカー文庫編集部気付
「あまさきみりと」先生
「へちま」先生

[スニーカー文庫公式サイト] ザ・スニーカーWEB　https://sneakerbunko.jp/

本書は「月刊ニュータイプ」2021年4月号～9月号に掲載された作品を改稿・文庫化したものです。

忘れさせてよ、後輩くん。

あまさきみりと

角川スニーカー文庫
22807

CONTENTS

口絵・本文イラスト／へちま　デザイン／ Takaaki Kurihara (LUCK'A Inc.)